나는
잘 지내고
있어

엄유진은 이화여대 정보디자인과 학부와 대학원을 나오고, 영국 킹스턴 대학교(Kingston University)에서 수석으로 일러스트레이션 석사학위를 받았다. 작품으로는 영국 Caterpillar에서 출간한 그림 동화책《Peepo Fairies》,《Peepo Pirates》등과《숲으로 가는 사람들》,《행복한 철학자》,《사랑활용법》의 그림 등이 있다. 현재 북디자이너와 일러스트레이터로 활동하고 있다.

나는 잘 지내고 있어

지은이 | 우애령 · 이영희 · 유숙희 · 민선기
펴낸이 | 조현주
펴낸곳 | 도서출판 하늘재

표지와 삽화 | 엄유진
편집 | 김경수

1판 1쇄 찍은날 | 2009년 12월 1일
1판 1쇄 펴낸날 | 2009년 12월 5일

등록 | 1999년 2월 5일 제20-140호
주소 | 서울시 마포구 망원1동 384-15 301호(121-820)
전화 | 02-324-2864
팩스 | 02-325-2864
E-mail | haneuljae@hanmail.net

ISBN 978-89-90229-24-3 03810
값 10,000원

나는
4인의 짧은 소설들
잘 지내고
있어

우애령, 이영희, 유숙희, 민선기

하늘재

책을 내면서

　20년 전 봄, 생애 처음으로 소설을 써보겠다고 한자리에 모였던 우리 네 사람은 나이도 배경도 서로 달랐다. 등단 후에도 늘 소식을 전하며 지내던 우리는 지난봄에 만나 이렇게 긴 세월이 지나가버린 데 대한 아쉬운 심정을 토로했다.

　그동안 정말 쓰고 싶은 소설은 써보지 못한 것 같다는 이야기며 대체 왜 단편소설은 항상 정해진 분량의 글만 써야 하느냐는 이야기를 나누다가 아무 제약 없이 자유롭게 글을 써서 책을 내면 어떻겠느냐는 말이 나오게 되었다. 짧고 간결하면서도 아름답고 감동적인 글을……

　의기투합한 우리들은 각자 어떤 글을 쓰고 싶은가 하는 마음을 털어놓았다.
　각자 마음 가는 곳이 조금씩 달랐다. 우애령은 다양한 모습으로 드러나는 인생의 이면을, 이영희는 세계 각지의 풍경에 담긴 사랑을, 유숙희는 음악처럼 흐르는 삶의 기쁨과 슬픔을, 민선기는 인간의 순백한 영혼이 담긴 진솔한 그림을 그리고 싶어 했다.

이윽고 자유롭게 쓰인 길고 짧은 글들이 모였다.

이야기는 강물처럼 흘러가는 시간의 쓸쓸함 속에서 사계절을 읽어내 듯 삶과 사랑의 의미를 찾는 시선들로 이루어졌다. 영국에서 활동 중인 일러스트레이터 엄유진도 글을 읽고 나서 기꺼이 삽화와 표지를 맡아 주었다.

이제 자유로운 문학을 꿈꾸던 20년 인연이 결실을 맺어 한 권의 책으 로 나오게 되었다. 많은 독자들이 이 책을 곁에 두고 싶은 소중한 책으 로 아껴주기를 바랄 뿐이다.

어려운 제안을 선뜻 받아들여 책을 내주신 도서출판 하늘재 조현주 님께 마음 깊이 감사드린다.

2009년 가을에
사계(四季) 동인
우애령, 이영희, 유숙희, 민선기

· 차례 ·

책을 내면서 · 4

유숙희

민선기

우애령

그랜드캐니언의 장엄한 모습 앞에 서면 모든 스트레스가 다 풀려요.
아마 그래서 내가 일을 그만두지 못하는지도 모릅니다.
광대한 신전 앞에 작은 인간으로 혼자 서 있는 것 같은 느낌이 들거든요.
볼 때마다 다른 빛깔, 다른 모습으로 다가오는 참 신기한 곳입니다.
이곳에 직접 마주서서 바라보면 신의 음성이 들리는 것 같아요.
이곳에 내 꿈이 담겨 있습니다.

. . .

이화여대 독문과를 졸업하였다. 1993년 문화일보 춘계문예로 등단하였고, 1994년
여성동아 장편 공모에 당선되었다. 《당진 김씨》로 이화문학상을 수상하였으며, 장편
《트루먼스버그로 가는 길》, 《행방》, 창작집 《당진 김씨》, 《정혜》, 《숲으로 가는 사람
들》, 에세이집 《행복한 철학자》, 《사랑활용법》 등이 있다.

나는 잘 지내고 있어

에츠코가 동경에서 보스턴으로 돌아오던 날 정우는 함께 공항에 나가자고 했다.

"관둬. 약혼자를 마중 나가면서 왜 다른 남자는 끌고 가려는 건데."

내가 퉁명스럽게 거절하자 그는 버릇처럼 왼손 둘째손가락으로 아랫입술을 만지작거렸다.

"그게 말이야. 아무래도 좀 어색해서 그래."

"뭐라고? 그걸 말이라고 해?"

그는 피식 웃었다.

"하긴……. 내가 생각해봐도 좀 말이 안 되기는 하네."

"대체 왜 그래? 에츠코와 뭐 석연치 않은 일이라도 있었어?"

"석연치 않기는……. 그냥 몇 달 동안 떨어져 있었더니 좀, 그러니까……."

"그럴 거면 왜 돌아오라고 그랬어. 한동안 헤어져 있자고 하지."

정우는 뒤통수를 왼손으로 긁적긁적했다.

"그게 말이야. 그 애가 간병하러 귀국했었잖아. 그런데 지난달에 어머니가 돌아가셨거든. 아버지는 원래 다른 여자하고 살고 있고……. 에츠코가 혼자 남게 되었다고 눈물 젖은 편지를 보내왔어. 어떻게 오고 싶다는 사람을 오지 못하게 하니."

나는 언제나 그렇듯 말을 빙빙 돌리는 정우의 어투를 무질렀다.

"그렇지만 너, 지금 네 마음은 혹시 다른 데 가 있지 않냐?"

정우는 입을 꾹 다물었다.

"그래, 안 그래? 말 좀 해봐. 너 요즈음 노는 꼴이 심상치 않아. 뭐냐? 그렇게 양다리를 걸쳐놓고……."

"그런 거 아니야."

갑자기 정우의 얼굴이 굳어졌다.

"그냥 아무것도 묻지 말고 같이 가주면 안 되겠니? 어쨌든 비행기는 지금 하늘에 떠 있고 에츠코는 그 안에 타고 있잖아."

마지못해 공항으로 따라가게 된 내가 별로 말수가 없자 차 안이나 공항에서 쓸데없는 농담을 던지며 태연한 척하던 정우는 전광판에 도착 신호가 뜨면서부터 말수가 적어졌다. 가녀린 몸매의 에츠코가 출구로 걸어 나오자 정우는 큰 키를 구부린 채 잠깐 움직이지 않고 그저 바라보기만 했다. 그는 얼굴이 창백하게 굳어 있었다.

"뭐해?"

내가 채근한 다음에야 정신이 든 듯 그는 앞으로 걸어 나갔다. 그리고는 에츠코가 밀고 있는 카트 손잡이를 받아 쥐면서 그녀에게 미소를 지었다. 누가 보아도 조금은 자연스럽지 못한 해후였다.

"정우, 저 녀석. 참 한국 남자들이라는 게, 미국까지 와서도 저렇게 애정 표시를 못하니……."

함께 나왔냐고 반색을 하는 에츠코에게 나는 농담처럼 서두를 떼었다.

"혹시 기진 씨가 있어서 그런 건 아니구요?"

여전히 싹싹하고 상냥한 에츠코는 다정한 미소를 지으며 내게 말했다.

"아, 그게, 이건 정말 오늘 내가 나올 자리가 아닌데……. 그게 말하자면 에츠코가 내 친구이기도 하고 그래서 그냥, 어쨌든 캠퍼스에 돌아가자마자 나는 사라질 테니까 두 분이 그동안 회포도 푸시고……."

내가 어물어물 눙치며 넘어가려고 하자 정우가 그 말을 못 들은 것처럼 말했다.

"저녁 안 먹었지, 에츠코? 우리 어디 근사한 데 가서 저녁부터 먹자."

"야, 야. 날 어디까지 끌고 가려고 해. 그냥 캠퍼스까지 가서 나를 내려주고 어디로 사라지든지 말든지 하라니까."

"사라지긴, 너도 레스토랑에 함께 가야지."

내가 난색을 표하자 에츠코가 다정하게 말을 걸었다.

"함께 가요. 기진, 우리 다 친구 사이잖아."

그렇기는 했다. 유학생활에 지쳐 이곳저곳 놀러 다닐 때 우리는 함께 잘 어울려 다녔다. 그렇지만 지금은 에츠코가 모르는 사실이 있었다. 지금 이 자리에 보이지는 않지만 그녀가 없는 사이에 다른 여자가 그 두 사람 사이에 끼어들어 있다는 사실.

"어떻게 하면 좋지? 나 다른 사람에게 마음이 가 있는 것 같아."

정우는 딱 한 번 내게 고민을 호소했다.

"야, 지금이 무슨 조선시대냐? 너 요즈음에 영화도 안 봤니? 다른 사람을 사랑하게 되면 결혼식장에서 턱시도나 웨딩드레스를 입은 채로 도망쳐버리는 것도 못 봤어? 너 은지 말하는 거지?"

"그런데 사실은 지금 내 마음을 잘 모르겠어. 그게 말이야, 에츠코가 싫은 건 아니거든. 그러니까 내 마음은……."

나는 단도직입적으로 물었다.

"자, 우선 이 생각만 해봐. 에츠코와 결혼할 생각을 하니까 기쁘냐?"

정우는 꾹 다물었던 입을 열었다.

"그게, 기쁘다고 하기엔 좀……."

"그런데 뭘 망설여?"

"그렇지만 어떻게 인생을 건 약속을 깨뜨려? 내가 이제 와서 어떻게……."

나는 그의 우직하고 순수한 성격을 좋아했다. 그렇지만 이건 아니라는 생각이 들었다.

"그러지 말고 솔직하게 나한테만 말해봐. 너 은지가 실연당해서 자살 미수 사건을 일으키고 그랬던 게 더 고민스러운 거 아냐?"

정우의 얼굴이 붉어지더니 목소리가 떨려 나왔다.

"너 그걸 말이라고 하냐? 내가 그렇게 꽉 막힌 놈으로 보여?"

나도 할 말은 하고 싶었다.

"꽉 막힌 건 사실이잖아. 네가 처음에 은지가 입원한 병원에 갈 때도 과거가 있는 여자가 제일 싫다고 그랬잖아."

정우는 입을 꾹 다물고 있다가 가라앉은 어조로 물었다.

"내가 그렇게 말했나?"

"그랬어. 유부남과 스캔들을 일으키고 자살 소동을 일으키고…….
이런 여자한테 내가 왜 문병을 가야 하느냐고 종주먹을 대던 생각 안
나?"

내가 유학생회장일 때 총무였던 정우에게 새로 온 여학생이 이러저
러하다고 문병을 가자고 청했을 때 기억이 되살아났다. 그는 가기 전부
터 노골적으로 은지를 멸시하는 태도를 보였다.

그런데 병실 문에 들어섰을 때 나는 그녀에게 멎은 채 충격을 받은
것처럼 움직이지 않는 정우의 시선을 포착했다. 긴 생머리에 창백한 표
정의 은지는 눈물이 고인 채 미소만 지었다.

그게 시작이었다. 작년 겨울 첫눈이 내리던 날이었다. 그 후 두 사람
사이에 미묘한 기류가 형성되는 것을 언뜻 느끼기는 했지만 에츠코가
일본에 가 있는 동안 그렇게 갑작스럽게 진전될 줄은 몰랐다.

그동안 정우는 몇 번 무엇인가 말하고 싶어 하다가 얼른 화제를 일상
적인 다른 이야기로 돌리고는 했다. 나는 에츠코에게 돌아오라고 전화
했다고 말하는 그의 얼굴에 그늘이 드리우는 것을 보았다.

결혼식 준비는 빠른 속도로 진행되었다. 결혼식은 교회에서 거행되
었고 유학생들의 정신적 지주라는 평가를 받던 목사님이 주례를 섰다.
부모를 일찍 여읜 정우를 길러냈다는 누이 부부가 한국에서 왔고 음악
전공이던 은지가 결혼식장에서 피아노를 쳤다. 웨딩드레스를 입은 에

츠코도 아름다웠지만 분홍 드레스를 차려입은 은지는 피아노 앞에서 진주처럼 빛나 보였다.

결혼식이 끝나고 두 사람이 신혼여행을 떠난 날 밤 나는 은지의 전화를 받았다. 학교 앞 맥주 집에서 만난 은지는 나를 쳐다보지 않고 테이블에 시선을 둔 채 머뭇머뭇 그간의 이야기를 털어놓았다. 처음에 정우가 자기 기숙사 건물 앞에 며칠이나 혼자 서 있던 이야기. 함박눈이 내리던 날 밤 떨리는 목소리로 처음 자기에게 전화했던 이야기. 그날 두 사람이 함께 눈을 맞으며 밤새 걸었던 이야기. 그 후 서로 감당할 수 없이 가까워져 하루도 떨어져 있고 싶지 않았던 이야기들을…….

"우리는 정말 사랑했어요. 인생의 소울 메이트를 만난 느낌이었어요."

은지는 웨이터가 날라 온 맥주에는 손도 대지 않았다. 나만 속이 타서 맥주를 계속 청했다. 은지는 조용한 어조로 말했다.

"이제 끝난 이야기니까 마음에 간직하지 마세요. 그저 누군가에게 내 마음을 이야기하지 않고는 도저히 견딜 수가 없었어요."

"정우의 태도에서 무언가 이상하게 느끼기는 했습니다. 그런데 왜 그렇게 급히 서둘러서……."

"에츠코에게 전화했다면서 말하더군요. 에츠코가 자기를 너무나 믿고 사랑하기 때문에 자신이 떠나면 살기 어려울 거라고요."

"그걸 말이라고 가만히 듣고 있었습니까?"

은지는 대꾸하지 않고 맥주잔을 들더니 조금 마시고는 내려놓았다. 눈물이 글썽했다.

"나는 정말 할 말이 없었어요."

"그 미련한 녀석을 내가 정말……."

"다음 세상이 있다면 그때는 내게 오겠다고 했어요."

"……."

"내가 겪은 끔찍한 배신을 다른 사람에게 경험하게 하고 싶지도 않았구요."

"그렇지만 이건 일생이 달린 문제가 아닙니까. 그렇게 서로 특별한 감정을 느꼈다면서 그런 이유로……."

"정우 씨를 누구보다도 잘 알고 계시잖아요?"

정우는 그런 사람이었다. 모질지 못하고 중요한 일이 닥칠 때마다 명분과 의리를 내세우는 건 타고난 기질이었다.

은지는 곧 그곳을 떠나 다른 대학으로 옮겼다. 학위를 마치고 귀국한 나는 가끔 풍문에 그녀의 소식을 전해 들었다. 전공을 바꾸어 의대에 들어갔다는 이야기, 독신으로 살며 외국 난민촌에서 아이들을 돌보다가 얼마 전부터 미국 병원에서 의사로 일하고 있다는 이야기……. 그러나 그녀를 만나본 적은 없었다.

정우는 에츠코가 한국에서 살기를 원하지 않는다면서 자기가 속한 석유회사에서 보내는 대로 세계 각지를 떠돌며 살았다. 그는 나라를 옮길 때마다 이국적인 분위기가 담긴 엽서를 아프리카에서, 스페인에서, 미얀마에서 콜롬비아에서 보냈다.

"나는 잘 지내고 있어."

그는 끝에 꼭 그렇게 썼다. 그렇게 십여 년이 지났다. 아이는 없었다.

가끔 귀국할 때면 우리 부부와 정우 부부가 함께 식사를 하기도 하고 오페라나 연극 구경을 하기도 했다. 화사하게 차려입고 애교 있게 고개를 갸웃하며 정우를 올려다보는 에츠코의 귀염성 있는 태도는 여전했다. 아이가 없는 적적함을 메우려는 듯 그녀는 점점 더 아기처럼 굴었다. 정우는 그런 아내를 옆집 귀여운 소녀를 돌보듯 배려해주었다. 덤덤해 보이는 우리 부부에게는 활달하고 자신감 넘치는 목소리로 자기가 살고 있는 지역 이야기며 승진한 이야기, 회사에서 자기에게 거는 큰 기대들을 들려주었다.

승진이 되어서 보스턴 지사에 가게 되었다고 써 있던 그의 엽서에는 우리가 다니던 캠퍼스의 눈 내리는 정경이 펼쳐져 있었다.

―이상하게 이즈음에는 학교 다니던 때가 그렇게 그리울 수가 없어.

정우는 짧게 쓴 글 밑에 노래처럼 후렴을 썼다.

―나는 잘 지내고 있어.

그 그림을 보며 나는 학교에 다니던 때의 회상에 젖었다. 은지 생각도 떠올랐다.

어느 날 갑자기 에츠코가 전화로 그가 몸이 좀 아파 수술했다는 소식을 전했다. 그 후 몇 달에 걸쳐 점점 상태가 안 좋아지고 있다는 연락이 뒤를 이었다. 심장병이라고 했다. 만기가 된 비자를 다시 받아 샌프란시스코로 떠날 준비가 다 된 날, 그의 사망 소식이 담긴 이메일을 받았다. 그를 만나려던 계획은 장례식 참석으로 바뀌었다.

추적추적 비가 내리는 보스턴 교외에 있는 한적한 장지에는 회사 직원들과 한국에서 온 누이 부부, 미국에 살고 있는 그의 친척들, 에츠코, 에츠코의 사촌언니 그리고 나, 이렇게 삼십여 명이 참석했다. 한국 친구들과는 여러 곳을 다니는 동안 저절로 소식이 끊겼고 너무 갑작스러운 일이라 다른 데는 알리지도 못했다고 눈이 충혈된 채 에츠코가 말했다.

"달리 남긴 말은 없었구요?"

에츠코는 고개를 저었다. 잠시 망설이는 기색이더니 그녀는 담담한 어조로 말했다.

"은지……. 이렇게 한 번 불렀어요. 숨을 거두기 전에."

나는 가슴이 덜컹 내려앉는 듯했다.

"그게……."

"알고 있었어요. 마음이 다른 곳에 가 있다는 거. 나한테 한없이 관대했던 것도 오히려 그 이유 때문이라는 것도."

"에츠코, 그렇지는 않아요."

당황한 내 어조에 에츠코는 쓸쓸하게 웃었다.

"괜찮아요. 그래도 내 곁에서 운명했으니까요."

하관을 할 때는 다행히 비가 멎었다. 하관식을 마치고 나서 에츠코가 집에 와서 묵지 않겠느냐고 물었지만 나는 고개를 저었다. 가슴이 치밀어 오르듯 답답했다. 눈물도 나오지 않았다.

에츠코는 사촌언니와 함께 차를 타고 떠나기 전에 부은 눈으로 미소를 지으며 내게 작별인사를 했다.

"폐가 많았습니다. 잘 돌아가세요."

나는 사람들을 싣고 온 버스가 떠난 후에도 혼자 서 있었다.

─나는 잘 지내고 있어.

그의 엽서에 실려 있던 말을 한 번도 믿은 적이 없었다는 생각이 들었다. 그러자 울컥 눈물이 치솟았다.

'그래. 이젠 정말 잘 지내라.'

나는 혼잣말처럼 뇌었다.

'다음 세상이 있다면 그때 나도 다시 만나자.'

멎었던 비가 다시 내리기 시작했다. 나는 그가 누운 곳에 시선이 멎은 채 그저 비를 맞으며 서 있었다.

사막 여행

여자는 더 이상 젊지 않았다. 얼굴에는 윤기가 사라지고 옅은 주름이 뒤덮였다. 아무도 여자에게 미소를 지어주거나 시선을 보내지 않았다. 다들 바쁘고, 늙은 여자는 거리에서조차 필요하지 않았다.

젊었을 때도 사람들은 여자를 바라보지 않았다. 눈에 띄지 않는 평범한 외모에 별다른 매력이 있어 보이지도 않는 여자는 묵묵히 그저 살아왔을 뿐이었다. 부모가 일찍 세상을 떠나 결혼할 기회도 없었고 사랑을 간청하는 남자도 없었다. 아기도 낳아본 적이 없고 애틋한 기억도 없었다. 가슴이 뛰는 연애의 기억도 가슴이 찢어지는 실연의 기회도 없었다. 여자는 그저 묵묵히 세무서에서 하급 공무원으로 일하고 월급을 받아 최소한의 생활비를 쓰고는 나머지 돈을 저금했다.

이제 그녀는 정년이 되었다.

직장에서 해주는 마지막 종합건강검진을 마친 후 여자는 정밀검사를 받아야 한다는 우편물을 받았다. 정밀검사가 끝나고 일주일이 지난 후 여자는 전화를 받고 다시 병원을 찾았다. 중년의 의사는 차분한 어조로 가족이 있느냐고 물었다. 없다고 대답하자 그는 좀 난처한 표정이었다. 여자는 괜찮다고, 직접 이야기를 듣고 싶다고 했다. 의사는 여자를 정면으로 바라보지도 못하면서 몇 가지 소견을 이야기해주었다. 이야기를 다 듣고 여자는 조용히 일어섰다. 언제든지 도움이 필요하면 연락하라고 의사는 말했다.

병원 문을 걸어 나오면서 여자는 막연히 여행을 떠나고 싶었다. 우선 사막에 가보고 싶었다. 그림이나 영화에서 본 사막은 황갈색의 부드러운 둔덕을 이루는 아름다운 모습이었다.

여행사에 들러 혹시 사막을 여행하는 프로그램은 없냐고 묻자 여직원이 고개를 끄덕였다. 비슷한 프로그램이 있기는 하지만 체력이 달릴지 모른다고 했다. 미국 서부지역 관광이 있는데 애리조나 사막을 가로질러 가게 된다고 여직원은 말했다. 원하시는 게 사막을 보시는 거라면 버스를 타고 가며 하루 온종일 볼 수 있다고 했다.

"사막을 걸어볼 수도 있나요?"

여직원은 그런 기회는 별로 없을 거라고 하며 덧붙였다.

"어떻게 하시겠어요? 마침 이번 주말에 떠나는 단체관광에 한두 분더 가실 수 있는데요."

여자가 조금 망설이는 기색이자 여직원은 물었다.

"그런데 혼자 가시게요?"

"네."

여자는 단호한 어조로 대답했다. 여직원이 다시 물었다.

"다른 사람하고 방을 함께 쓰시겠어요? 혼자 계시려면 돈을 더 내셔야 하거든요."

잠시 생각해본 후 여자는 혼자 쓰겠다고 말했다.

"그러시겠어요?"

여직원은 예사로운 말투로 물었다.

"돈은 여유가 있어요."

여자는 묻지도 않는 말을 했다. 여직원은 여자를 잠깐 올려다보았다.

"그야 그러시겠지요. 그런데……."

여직원은 조금 망설이며 말했다.

"혼자 가시면 여러 가지로 좀 불편하실 텐데……. 식사할 때도 다른 사람들과 함께 앉아야 하고 자유 시간에도 혼자 움직이시기는 좀 그런데요."

"괜찮아요."

여자는 갑자기 조급증이 났다. 얼른 이야기의 결론을 짓고 사막을 건너고 싶었다.

부드럽고 완만하게 누워 있는 사막을 낙타를 타듯이 버스를 타고 건너가보려는 마음이었다.

샌프란시스코 공항에 내려 처음 탄 버스에서 만난 젊은 청년은 운전석 옆자리에 선 채 사람들에게 자기소개를 하며 이번 여행에 동행할 가이드라고 말했다.

활달한 어조로 그는 자기가 이곳 가이드 중에서 제일 머리도 좋고 미남이기 때문에 여러분들은 정말 운이 좋은 분들이라고 농담을 던졌다. 사람들은 낯선 곳에서의 긴장을 풀고 왁자하게 웃음을 터뜨렸다. 청년은 버스가 달리고 있는 동안 요세미티를 거쳐 그랜드캐니언, 라스베이거스를 지나가는 앞으로의 일정에 관해 자세히 설명했다.

키도 크고 잘 단련된 건장한 몸매에 검정 티셔츠, 베이지색 바지를 받쳐 입은 청년은 호감을 주는 타입이었다. 쌍꺼풀 지지 않은 시원한 눈매며 친근한 말투도 정다웠다. 구태여 혼자 앉으려는 건 아니었지만 다들 일행이 있어 아무도 여자 곁에 앉지 않았다.

여행객들은 아이가 낀 가족부터 중년부부, 노부부, 친구 커플에 이르기까지 다양했다.

식사할 시간이 되면 네 명이 앉는 식탁에서도 여덟 명이 앉는 식탁에서도 여자의 위치는 애매했다. 가끔 여자는 자리를 잡지 못해 식당 안에 그저 서 있기도 했다. 그러면 가족들 중 누군가가 여자를 불러서 자기 테이블에 앉으라고 했다. 친절하다기보다는 신경이 쓰여 하는 몸짓이었다.

여자는 권하는 자리에 앉아서 밥을 먹었다. 하루에 한두 번은 한식을 먹고 점심이나 저녁은 양식을 먹거나 여러 나라 음식을 뒤섞은 음식을 전시하는 뷔페를 먹었다.

값을 헤아리기도 어렵게 비싸다는 벤츠 버스는 승차감도 좋고 의자도 편안했다. 그러나 52인승 버스에 50명이나 타고 있으니 뒤에 앉은 사람들은 운이 나쁘면 뷔페 식당에서 줄을 서서 이십여 분이나 기다려

야 하는 경우도 생겼다.

여자는 늘 앞자리에 앉았다.

아버지를 따라 이민을 오게 되었다는 청년은 사람들이 귀를 기울이게 하는 말솜씨가 일품이었다. 한번 버스를 타면 으레 서너 시간 이상 달리는 여정을 전혀 지루하지 않게 이끌어나가는 입담이 있었다.

여자는 사람들이 매일 자리를 앞뒤 교대로 바꾸어 앉으면 좋겠다는 청년의 권유를 무시했다. 앞에서 세 번째 자리, 여자는 지정석처럼 그 자리에 늘 앉았다. 어떤 사람은 타고 내릴 때 앞에만 앉는 여자를 못마땅한 기색으로 바라보기도 했다.

여자는 청년이 잘 보이는 자리에 앉고 싶은 마음이 제일 컸다. 이렇게 가까운 거리에서 이야기를 들려준 남자가 있었던 적이 없는 여자에게 청년을 바라보며 그의 말을 듣는 일은 아주 신선한 경험이었다.

사막은 생각보다 실망스러웠다. 군데군데 보이는 먼지를 쓴 키 작은 시든 나무나 풀들은 삭막하고 건조해 보였다. 초록색이라기보다는 오히려 검은빛이 섞인 회색처럼 느껴지는 나무들이 군데군데 흩어져 있는 사막은 기대하던 아름다운 구릉이 아니라 까칠한 황무지처럼 보였다.

가끔 사람들이 어색하게 혼자 서 있는 그녀를 못 본 체하고 자기들끼리 밥을 먹을 때 청년은 여자를 자기 자리에 합석시켰다. 운전기사는 엄청나게 큰 덩치에 큰 소리로 웃기를 잘하는 흑인이었다. 웃을 때면 유달리 흰 이가 쫙 드러나 보였다. 기사는 여자를 마마상이라고 불렀다. 기사와 청년은 서로 영어로 농담도 하고 웃기도 잘했다. 어떤 때 흑인기사의 말에 마마상이라는 말이 섞여 나오는 걸 보면 여자 이야기를 하는 게 틀림없었다.

청년이 한번은 가족관계에 대해서 물었지만 여자는 다들 바빠서 혼자 떠났노라고만 이야기했다. 이제 여자는 사막을 건너는 뜨거운 한낮을 버스 안에서 청년을 바라보면서 보냈다.

"제가 사실은 아르바이트로 시작했던 가이드 일이 워낙 인기 폭발이다 보니까 휴학했던 학교로 쉽게 돌아가지 못하고 있습니다."

청년이 말했다.

"아유, 그래도 가이드 일이 수입이 좋은가 봐. 그러니까 학교에도 돌아가지 않았지."

뒤에 앉은 중년 여자가 한마디 했다.

"사실 돈을 벌려면 라스베이거스에서 잭팟을 터뜨려야 하는데……."

그 곁에 앉은 남편이 말했다.

"그런 소리 마십시오. 라스베이거스를 백 번도 넘게 왔다 갔다 했는데 그렇게 마음대로 부자가 되는 거라면 제가 왜 여태 가이드를 하고 있겠습니까?"

버스 내에 웃음이 터졌다.

"제가 좀 조언을 해드릴게요."

청년은 짐짓 심각한 표정으로 말했다.

"우선 라스베이거스에서 도박장에 들어갈 때 십 달러나 이십 달러 정

27

도 이상 몸에 지니지 마시구요. 그리고 전부 오 센트짜리로 바꿔서 그 돈만 다 쓰고 들어가 주무시는 게 좋습니다. 겨우 팔 퍼센트 정도의 사람만 돈을 조금이라도 딴다고 합니다. 그 외에는 다 꽝이지요."

라스베이거스 호텔 앞에 선 버스에서 사람들이 다 내리자 청년이 여자에게 다가와서 친절하게 물었다.

"저녁 드신 후에 그냥 주무실래요? 한번 게임을 해보실래요?"

여자는 당황스러웠다.

"말도 통하지 않고 일행도 없어서……."

청년은 싱글싱글 웃더니 자기가 곁에서 도와주겠다고 했다. 여자는 얼굴이 붉어졌다. 저녁을 먹은 후 여자는 객실에 짐을 놓고 약속한 대로 로비에 내려와 그가 권하는 기계 앞에 앉았다.

"허황된 꿈은 꾸지 마시구요. 그냥 재미 삼아 애들처럼 구슬치기 한다고 생각하시고 하나씩 하나씩 넣어보세요. 재미있어요."

20달러를 5센트짜리로 바꿔다주면서 청년이 말했다.

"여기 앉아 계시면 술도 가져다주거든요. 그냥 음료수를 주문하셔도 되구요. 돈도 안 받아요. 팁으로 그냥 일 달러만 주시면 돼요."

여자는 그가 하라는 대로 맥주도 주문하고 팁으로 일 달러도 냈다. 그리고 동전을 하나씩 넣으면서 기계 손잡이를 당기기 시작했다. 그가 권하는 대로 맥주도 조금 마셨다. 속이 휘청하고 흔들리는 기분이었다.

"이제 다른 분들은 어떻게 하고 계시나 한번 둘러봐야겠습니다. 조금 더 하시고 올라가셔서 주무세요."

청년이 일어서자 여자는 그가 자기 곁에 좀 더 있어주었으면 했지만 차마 그 말을 할 수는 없었다. 청년은 웃으면서 앉아 있는 여자의 어깨에 가볍게 손을 댔다가 자리를 떠났다. 그의 손이 어깨에 닿자 온몸에 전류가 흐르는 것 같았다.

동전은 삼십 분도 되지 않아 바닥이 났다. 아무 정신도 없이 그저 넣고 당기고만 하다가 마지막 동전이 기계로 들어간 후 소식이 없자 여자는 힘없이 일어섰다. 선 채로 이쪽저쪽 살펴보았지만 웬만한 시장보다도 더 큰 도박장 안에는 외국어로 떠드는 사람들의 음성과 환호작약하는 소리, 기계음이 울리는 소리만 가득했다. 청년은 보이지 않았다.

방에 돌아온 여자는 샤워를 하고 나서 조그맣게 몸을 웅크리고 큰 침대 한 귀퉁이에 몸을 눕혔다. 그가 손을 대었던 어깨의 따뜻했던 감촉이 되살아났다. 갑자기 눈물이 흐르기 시작했다. 눈물은 베개를 적셨다.

문득 그가 버스에서 들려준 스토커처럼 따라다녔다는 못생긴 여자의 이야기가 생각났다. 여자는 몸을 흠칫 떨었다. 내가 더 말을 걸면 다음 버스에 탄 관광객들에게 재미 삼아 내 이야기를 이렇게 꺼낼까. '글쎄, 어떤 늙은 여자가 내가 마음에 드는지……' 여자는 고개를 저었다. 새벽녘에야 여자는 겨우 선잠이 들었다.

"자, 지난밤에 아주 조금이라도 돈을 따신 분은 손을 들어보세요."

아침에 버스가 출발하면서 청년이 묻자 여기저기서 네 명이 손을 들었다.

"보세요. 오십 명 중에 네 명이니까 정확히 팔 퍼센트네요."

사람들 사이에 웃음소리가 퍼졌다. 청년은 다시 물었다.

"혹시 꽤 큰돈 잃은 분 계십니까? 손들어보실래요?"

아무도 손을 들지 않았다. 그는 웃으면서 말했다.

"제가 뵙기에 한 두세 분 계신 것 같지만……. 뭐, 그저 재미있는 추억으로 여기십시오."

버스가 그랜드캐니언으로 향하는 동안 청년은 그곳에 관한 여러 가지 이야기며 그곳에 살던 인디언들의 이야기를 들려주었다.

"이런저런 일로 스트레스를 받고 속상하다가도 그랜드캐니언의 장엄한 모습 앞에 서면 모든 스트레스가 다 풀려요. 아마 그래서 내가 일을 그만두지 못하는지도 모릅니다. 광대한 신전 앞에 작은 인간으로 혼자 서 있는 것 같은 느낌이 들거든요. 볼 때마다 다른 빛깔, 다른 모습으로 다가오는 참 신기한 곳입니다. 간혹 하루 종일 버스를 타고 달려와서 겨우 이런 모습밖에 볼 게 없느냐고 하시는 분들도 있어요. 사진에서 영화에서 너무 싫도록 봐서 벌써 식상했다는 거지요. 그렇지만 이곳에 직접 마주서서 바라보면 신의 음성이 들리는 것 같아요. 이곳에 내 꿈이 담겨 있습니다."

여자는 청년이 들려주는 꿈 이야기를 들으면서 일과 사람에 시달리다가 낡은 담요처럼 가혹한 중년이 그에게 다가올 것이 마음 아팠다. 초라하게 껍데기만 남겨진 자기 같은 삶을 살아가기에는 그 청년이 아깝다는 생각이 들었다.

여자는 경비행기를 타고 한 시간 동안 그랜드캐니언 위를 날았다. 비행기를 타기 전에 관광객들은 비행사와 함께 사진을 찍었다. 여자가 사진 찍기를 거절하자 청년이 그래도 큰 기념이 될 텐데 한 장 찍으시라고 권했다. 중년의 백인 조종사는 두 사람이 무슨 이야기를 주고받는지 귀를 기울이다가 함께 찍으라는 제스처를 취했다. 다음에 탈 사람들이 사진을 찍으려고 기다리고 있기 때문에 더 시간을 끌 수는 없었다.

"함께 찍어도 될까요?"

청년이 묻자 여자는 용기를 내어 고개를 끄덕였다. 청년은 여자 곁에 서서 가볍게 어깨를 감싸 안았다. 비행기 안에서 아래를 내려다보며 여자는 입가에 미소를 띠고 그의 손이 닿았던 왼쪽 어깨를 가만히 쓰다듬어보았다. 따뜻한 온기가 아직도 느껴지는 듯했다. 사막에서 느끼고 싶었던 모습이 바로 내려다보였다. 여자는 깎아지른 절벽이며 지층 들을 바라보며 전에 느껴보지 못했던 아늑한 느낌이 들었다.

그랜드캐니언에서 돌아오는 길에 점심을 먹는 자리에서 흑인 운전기사가 청년의 어깨를 툭 치며 뭐라고 말을 걸었다. 그의 빠른 말소리에 마마상이라는 말이 몇 번 들렸다. 청년의 얼굴이 붉어졌다.

"뭐라고 하는 거예요?"

여자가 물었다.

"아무것도 아닙니다. 이 친구가 워낙 험한 농담을 잘해서요."

여자는 잠자코 밥을 먹었다. 말속에 러브니 뭐니 하는 말이 섞여 있는데다가 청년이 그러지 말라는 몸짓을 하자 흑인이 흰 이를 드러내고 더 크게 웃는 걸 보니까 뭐라고 여자의 이야기를 하고 있는 것 같았다.

여자는 몇 숟갈 뜨고 수저를 놓았다.

"혹시 전에 말하던 여자처럼 내가 따라다닌다고 말하는 거예요?"

"아니, 뭐 그런 건 아니고······."

청년은 당황한 표정이 되더니 엄격한 어조로 흑인에게 몇 마디 했다.

"이렇게 말해주세요. 난 남편도 있고 가이드하고 나이가 비슷한 아들도 있다구요. 내가 아들 생각이 나서 허물없이 대하는 거라고요."

청년이 뭐라고 흑인에게 이야기를 했다. 흑인은 멈칫하더니 미안한 표정으로 여자를 보고 사과했다.

"쏘리, 마마상"

여자는 부끄러웠다. 자신의 비밀스러운 감정이 놀림감이 되는 것이 수치스러웠다. 여자는 그의 빛나는 젊음과 친절함이 안타깝고 고마울 뿐이라고 스스로에게 새삼 들려주었다.

여자는 밤에 호텔 방 안에서 청년과 조종사와 함께 찍은 사진을 한참 동안 바라보았다. 그리고 침대 곁, 작은 탁자 위에 사진을 세워놓았다. 한참 동안 가만히 앉아 있던 여자는 사진을 들어 올려 사진 속 청년의 이마에 입을 맞추었다. 가슴속으로 싸하는 바람이 지나갔다. 여자는 사진을 내려놓고 두 손에 얼굴을 묻은 채 목이 메어 오랫동안 울었다.

다음 날은 로스앤젤레스로 되돌아와서 관광이 끝나는 날이었다. 여자는 그동안 불편한 일은 없었냐고 묻는 청년에게 작은 목소리로 말했다.

"젊은 시절을 낭비하지 말고 학교로 돌아가세요."

청년은 미국 사람들처럼 어깨를 으쓱했다.

"우리 어머니도 노상 그 소리세요. 이렇게 세월 좋게 지내다 청춘이

다 지나가버린다고. 빨리 학교로 돌아가라
고요."

여자는 아무 말 없이 가만히 청년을 바
라보았다.

"그런데 그게 마음대로 되나요. 사실은
우리 집 생계를 지금 제가 다 책임지고 있거든
요. 개인 가이드도 하고 그래서 수입이 나쁘지는 않아
요."

여자는 있는 용기를 다 내어 말했다.

"내가 학교로 돌아가게 도와줄게요."

청년의 표정이 당혹스러워졌다. 그는 말을 멈추고 여자를 곤란한 눈
빛으로 바라보았다. 아마 색다른 종류의 광신자를 만난 것으로 생각할
지도 몰랐다.

"자, 자, 그런 소리하시지 말고 얼른 가족들에게 돌아가세요. 혹시 남
편 되시는 분하고 싸우시거나 무슨 일로 집을 떠나셨는지 모르지만 여
행에서 만난 사람에게 쓸데없는 신경 쓰지 마시구요."

여자는 말했다.

"가족 없어요."

청년은 잠시 침묵을 지키다가 말했다.

"사실은 사람들 틈에서 어쩔 줄 몰라하시는 모습이 뵙기에 안타까웠
어요."

청년의 목소리는 다정했다. 저쪽에서 누군가가 도움을 청하러 그를

부르는 소리가 들리자 청년은 그 사람을 도와주러 떠났다.

여자는 출국을 도와주러 공항에 나온 미국 쪽 여행사의 한국 직원에게 다가갔다.

"저분에게 선물이라도 보내고 싶은데요. 주소를 좀 가르쳐주시겠어요?"

그는 흔쾌하게 여행사의 전화번호와 주소를 적어주었다. 이리로 연락하면 언제든지 본인에게 전달이 된다는 말과 함께.

여자는 그의 주소를 적은 종이를 네 번 접어서 함께 찍은 사진이 담겨 있는 가방 안에 소중하게 넣었다. 이제 비로소 여자는 자기가 그동안 일을 하고 돈을 모았던 이유를 찾아낸 것 같았다.

여행을 떠나기 전, 정밀검사 결과를 말해주던 의사는 시선을 피하면서 어눌하게 말했었다.

"주위에 정리하실 부분이 있으면 하시는 게 좋겠습니다."

그리고 의사는 여자가 걸린 병이 불치병이고 3개월 정도의 시한밖에 없다는 이야기를 조심스럽게 들려주었다.

여자는 자기가 살아보지 못한 의미 있고 빛나는 생애를 청년이 살아갈 수 있기 바랐다. 빛깔도 의미도 없이 자기처럼 살지 않도록.

출국하는 게이트 앞에서 여자는 청년에게 악수를 청했다.

"고마웠어요."

청년은 여자의 손을 두 손으로 마주 잡으며 말했다.

"제 생각을 그렇게 깊이 해주셔서 그것만으로도 감사합니다."

그 손의 온기는 여자가 청년의 친절이 직업적인 것만은 아니었다는 믿음을 갖게 해주었다.

게이트 쪽으로 걸어 들어가면서 여자는 뒤를 돌아보았다. 청년은 미소를 지으며 손을 흔들었다. 여자는 고개 숙여 인사하고 안으로 걸어 들어갔다.

생을 마감할 의미를 찾은 여자의 발걸음은 가벼웠다.

코끼리는 기억한다

식구들이 나간 후 영수는 신문을 펴들었다. 상아 이빨을 곧추세우고 앞으로 달려가는 코끼리 사진이 시야에 확 들어왔다.

코끼리들이 갑자기 난폭해져서 사람들을 공격하거나 민가를 허무는 행동을 하는 경우가 종종 있는데, 그것이 오래전 일어났던 일에 대한 코끼리들의 복수라고 주장하는 사람들이 있다는 기사가 그 밑에 실려 있었다. 아직 어린 코끼리였을 때 누군가 부모 코끼리를 죽이는 것을 보았거나 위해를 당한 경험이 있다면 그 기억이 나중에 되살아나 복수를 감행한다는 내용이었다.

영수는 쓴웃음을 지었다.

우유부단하기만 하던 열 살 위의 남편. 십여 년 전, 출산을 하고도 결혼 허락을 받아내지 못해 어깨가 축 늘어져 시골집에서 돌아오던 그의 모습. 남편의 월급은 여전히 시골집으로 갔고, 아기 때문에 간호사로 일할 수도 없었던 영수는 가난 속에서 돈을 쪼개 쓰며 셋방살이를 했다.

그들이 행사했던 모욕과 무시의 기억은 영수의 가슴속에 또아리를 틀었다. 아기의 돌이 가까워서야 겨우 음식점에서 올린 초라한 결혼식의 기억. 하기야 혼잣몸으로 길러서 의사가 된 아들에 대한 집안의 기대는 무지갯빛이었을 것이다. 그런데 남쪽 섬에서 올라와 근본도 알기 어려운 나이 어린 간호사가 아들의 앞길에 검은 장막을 드리웠다고 그들은 생각했을 것이다.

하기야 두 사람 사이에 일어났던 일들이 과연 사랑이었을까?

남편이 대학병원 당직이고 영수가 밤 근무일 때 처음 부딪쳤던 남편의 기억은 뚜렷하지 않았다. 수줍음을 몹시 타는 영수에게 의사들은 언제나 두려운 존재였다. 차트를 쓰다가 깜빡 졸았는지 그가 다가와 커피잔을 내밀며 깨웠을 때 창피하고 부끄러웠던 기억은 났다. 얼마 후 영수가 자취하는 방으로 느닷없이 찾아왔을 때 그가 사랑한다고 속삭이던 말과 강압적으로 이루어졌던 관계를 지금도 이해하기 어려웠다. 그리고 단 한 번의 관계로 아기가 들어섰다.

이제 늙고 의지가 필요한 시어머니를 서울로 모시자던 남편의 어조는 이견을 허락할 여지가 없이 강경했다. 영수는 그럴 수 없다고 맞서지 않았다. 그저 남편에게 그 이야기를 들은 후부터 잠들기 힘들었고 겨우 잠이 들어서도 새벽 두세 시쯤 되면 잠에서 깨었다.

십여 년 전에 있었던 일을 모두 잊고 결국 일어날 일이 닥쳐왔다고 여기기로 했던 영수였다. 그런데…….

코끼리가 치켜든 상아 이빨을 보면서 생생한 상처가 그대로 아프게

드러났다.

"누구 아이인지 알 게 뭐냐."

그 매몰찬 말투. 갓난아기를 안고 무작정 시집에 찾아들었을 때 대청에서 밥상을 받고 앉아 대문간에 서 있던 영수를 쳐다보지도 않던 시어머니와 시누이. 쏟아지는 빗줄기 사이로 바라보이던 그 아득한 정경. 그날 선 자리에서 비를 맞으면서 돌아올 때 다시는 그 집을 찾지 않으리라고 영수는 맹세를 했다.

그 후 우여곡절 끝에 영수를 받아들였던 시어머니는 순종하는 영수에게 더 이상 모질게 대하지는 않았다. 그렇게 두 사람 사이에 용서와 화해가 이루어진 것으로 영수는 믿고 싶었다. 한동안 흥겨운 이야깃거리를 시골 마을 사람들에게 제공하기는 했지만 그 후 특별한 문제가 일어났던 것도 아니었다.

몇 년 전부터는 제사도 외며느리인 영수에게 일임했다. 시어머니는 제사 당일에 올라왔다가 다음 날 새벽이면 만류를 무릅쓰고 내려가고는 했다. 그런데 일주일 전, 아무 부연 설명도 없이 올라와서 지내겠다는 시어머니의 통보를 받고 영수는 가슴이 내려앉았다.

신문을 접으면서 미움과 두려움과 공포가 한꺼번에 영수의 가슴속을 헤집었다. 상아 뿔을 높이 쳐들고 누군가를 치받으러 달려가는 자신의 모습이 떠올랐다. 그리고 저 멀리 그 집이 보였다. 완강히 대문을 닫고 자신을 받아들이지 않던 그 집. 코끼리처럼 그 집과 그 밥상을 다 들이받고 발로 짓밟아 초토화를 시키고 싶은 심정이 영수의 마음속에 그대로 오롯이 남아 있었던 것이다.

둘째를 낳았을 때 시어머니가 미역과 먹을 것을 줄줄이 싸들고 올라 왔던 기억이 아픈 기억과 대체되지는 않았다.

신문을 내려놓은 영수는 역으로 마중 나가라던 남편의 당부도 잊고 앉아 있었다. 갑자기 가슴속을 채우고 달려드는 분노가 움직일 기력을 빼앗아간 것 같았다. 그 사람들은 알고 있을까. 그때 자신의 혼의 일부 가 다 죽어버려 재생이 불가능하게 되었다는 사실을.

어린 시절 검은 화산석투성이인 바닷가에 앉아 장작불을 피워놓고 바닷속에 들어간 엄마를 기다리던 기억. 물결은 은비늘처럼 반짝거리 고 파랗게 개어 있던 하늘과 추위. 호이호이 하고 멀리서 들려오던 엄 마의 숨 내쉬는 소리. 웃으면서 뭍으로 올라온 엄마가 건네주던 소라를 받아 꼬챙이에 꿰어 장작불에 굽던 기억. 그 청명하고 아름답던 순간은 결혼한 후 한동안 전혀 기억나지 않았다.

얼마 전 남편 몰래 찾아갔던 정신과 의사가 처방해주었던 우울증 약 은 옷장 서랍 아래 깊숙한 곳에 그대로 놓여 있었다. 약으로 지워질 기 억이 아니었다. 젖은 옷을 입고 추운 바닷가에 혼자 서 있는 것만 같은 황량함.

바닷바람과 쓸쓸함과 가난. 그래도 그 속에는 물옷에서 뚝뚝 물을 떨 어뜨리며 소라를 건네주던 엄마의 사랑의 기억이 있어 혼자라는 느낌 이 들지 않았었다.

넓은 아파트와 풍족한 생활비를 쓸 수 있는 환경이 행복하다고 영수 는 늘 자신에게 들려주었다. 그러나 여전히 남편은 어렵고 마음속의 이 야기를 털어놓기 힘들었다. 아들 둘이 위로가 되어주기는 했지만 이제

사춘기에 접어든 아이들에게 엄마가 인생에서 제일 중요한 사람은 아닌 것 같았다.

정신과 의사는 불면을 호소하는 영수에게 마음속에 햇볕처럼 따뜻하게 떠오르는 기억이 있는지 물었다.

영수는 엄마가 소라와 고동을 따러 들어간 바닷가에 앉아 있었던 어느 겨울날의 이야기를 했다. 커다란 양철통에 피웠던 장작불이 타오르던 모습과 지금도 환청처럼 들리는 호이호이 숨을 내쉬는 엄마의 목소리, 금빛으로 빛나던 바다의 물결, 짙푸르던 하늘의 빛깔, 엄마가 내밀던 커다란 소라들과 영수를 바라보며 웃던 모습.

"결혼한 후 그렇게 행복하게 기억되는 일이 있습니까?"

영수는 고개를 저었다.

"결혼한 후에 몹시 불행하게 느꼈습니까?"

잠시 생각해보던 영수는 다시 고개를 저었다.

그렇게 불행한 결혼은 아니었다. 학대나 폭력, 외도 같은 것은 없었다. 그러나 금빛 나는 물결이 찰랑거리던 바다 앞에서 활짝 웃는 엄마와 장작불 앞에 앉아 소라를 구울 때처럼 충만한 인생의 기억도 없었다.

의사는 표정 없이 앞에 앉아 있는 영수에게 이야기했다.

"염려하지 마세요. 여기서 저하고 한 이야기는 다 비밀이 보장됩니다."

침묵을 지키던 영수는 가장 힘든 시기에 배척과 미움과 모함의 대상이 되었던 기억을 더듬더듬 이야기했다.

"마음 아프셨군요. 그래서 시어머니가 용서가 되지 않나요?"

영수는 잠시 생각해보았다. 그런 생각을 구체적으로 해본 적은 없었다. 시어머니는 둘째를 낳은 다음부터 모질게 군 적은 없었다. 그러나 수백 가지 호의도 생생한 상처의 기억을 다 지우지는 못했다.

"마음에 앙금이 깊으시군요."

대답 없는 영수에게 의사가 물었다.

"어떻게 하면 마음이 풀릴 것 같습니까?"

영수는 대답했다.

"내가 받은 것과 똑같이, 비 오는 날 대청에 밥상을 받고 앉아서 시어머니를 문간에 서 있게 하고 싶어요. 자기가 가장 귀하게 여기는 것을 품에 안고."

"시어머니가 가장 귀하게 여기는 것은 무엇인 것 같습니까?"

전에 생각해본 적도 없는 말이 입을 열고 뛰쳐나왔다.

"당신의 아들이오."

이제 중늙은이가 다 된 아들을 품에 안고 대청에서 상을 받고 앉은 자기를 바라보며 문간에 서 있는 시어머니의 모습이 보고 싶었다. 그 사이에는 발을 드리운 것처럼 가로막은 빗줄기가 있어야 했다.

신문을 테이블에 내려놓고 생각에 잠겨 있다가 잠깐 잠이 들었던 것일까. 갑자기 벨소리가 들리는 바람에 영수는 정신이 들었다. 여러 번 울리던 벨소리에도 응답이 없자 시어머니의 목소리가 들렸다.

"아가, 나다."

영수는 온몸이 굳는 것 같았다.

"아가, 안에 없니?"

영수는 일어섰다. 안에 자기가 있으면서도 열어주지 않는다는 것을 알려야만 했다. 영수는 라디오를 켜고 볼륨을 최대치로 높였다. 소음은 방 안을 채웠다. 다시 벨소리가 울렸다.

"너 안에 있구나?"

영수는 아무 대답도 하지 않고 소파에 웅크리고 앉았다. 할 수 있다면 문밖에 비까지 내리게 하고 싶었다.

—널 잊을 수만 있다면 난 정말 무엇이라도 하겠어.

절규하는 가수의 노래는 문밖의 음성을 지우며 방 안을 채우고 넘쳐 흘렀다.

아주 짧은 소설

다 들어주는 남자

남자는 의리를 지키는 사람이었다. 결혼하자고 약속했던 여자를 사랑하는 마음은 이미 식었지만 결혼식을 하기로 했다. 의리를 지켜야 하기 때문이었다.

그는 또 여자가 원하는 것을 다 들어주는 남자였다. 그래서 진심으로 사랑하게 된 다른 여자하고 결혼을 하지 못하는 대신 그 여자가 원하는 바를 들어주기로 했다.

그녀는 그의 결혼식에서 자기가 피아노 연주를 하고 싶다고 했다.

결혼해주지 못하는 대신에 원하는 바는 들어주고 싶었던 남자는 순순히 허락했다.

신랑 입장이 끝나고 신부가 걸어 들어오기 시작했을 때, 갑자기 장송

곡이 울려 퍼졌다.

결혼식장은 아수라장이 되었다.

신부는 결혼하기를 거부했고 피아노 치던 여자
는 사라져버렸다.

두 여자를 다 잃게 된 남자는 한숨을 지으며 탄식했다.

"의리를 지키고 원하는 것을 다 들어주는데도 여자들은 어째서 이러
는 건지……."

가까이, 그리고 멀리

남자는 카르멘 때문에 이성을 잃은 돈 호세 같았다.

하루에 수십 번의 문자, 다 헤아릴 수 없는 이메일, 전화, 꽃…….

여자의 집과 사무실은 꽃과 선물들로 가득 찼다.

"이렇게 나를 좋아해주니, 어째 좀 미안하네."

마침내 여자는 남자의 문자에 답장하고, 이메일에 답장하고, 자기도
작은 선물로 답례하기 시작했다.

그러자 남자의 문자와 이메일과 전화는 늘어나지 않고 오히려 줄어
들었다.

"웬일일까? 그동안 냉담했던 데 대한 반작용일까."

여자는 더 많이 다정해지기 시작하고 남자는 더 많이 냉정해지기 시

작했다.

"저기, 그동안은 많이 미안했어요. 이제부터는 마음을 열기로 했어요. 그동안 지극했던 당신 마음에는 미치지 못하겠지만요."

여자가 말하자 남자의 얼굴이 흐려졌다.

그리고 일주일이 넘도록 그는 전화하지 않았다. 바쁘다는 것이 이유였다.

여자는 혼자 생각했다.

'일이 너무 많이 밀린 걸 거야.'

다음 날은 생각했다.

'내가 성가실까 봐 세심하게 배려하는 거지.'

세 번째 날은 이렇게 생각했다.

'이러다가 정말 내가 삐지면 어떡하려구.'

마침내 화가 난 여자가 연락을 끊자 남자는 다시 문자를 보내고 메일을 보내고 선물을 보냈다.

"내가 왜 이러는 거지. 여자가 다가오면 정말 두려워. 그렇다고 놓칠 수도 없는데……. 난 정말 자유를 원해. 여자가 너무 밀고 들어오면 난 정말 불안해. 왜 날 구속하려고 들지? 남자들이 뭘 원하는지 여자들은 왜 이렇게 모를까."

남자는 혼자 한탄했다.

남편의 선물

남자는 젊은 수학자다. 대학에서 수학을 연구하고 가르치는 게 그의 일이다.

아내는 가끔 불평했다.

"당신은 정말 여자 마음을 몰라요. 다정한 말 한마디 하거나 외국에서 돌아올 때 작은 선물 하나 사 오는 배려도 못해요?"

남자는 의아했다. 친척이나 선후배를 둘러봐도 자기처럼 좋은 남편은 없다고 생각했기 때문이었다.

성실하지, 머리 좋지, 인물도 빠지지 않지, 한 가지 일에 정진하지, 다른 여자에게 한눈팔지 않지…….

그는 고개를 저었다.

'여자란…….'

어쨌든 아내는 알뜰한 여자라 남자의 밥상에 절기에 맞춰 온갖 김치를 올려놓았다. 포기김치, 열무김치, 동치미, 총각김치, 나박김치, 보쌈김치, 깍두기…….

다 헤아릴 수도 없었다.

이 모든 노력이 남자에게는 삼각형 내각의 합이 180도라는 사실처럼 당연한 일로 여겨졌다. 맛있느니, 고마우니 하는 말을 할 필요가 있는 것일까?

잘 먹는 거 보면 모르겠는가. 그는 쓸데없는 말을 원하는 아내가 오히려 딱했다.

한번은 외국학회에 참석하느라고 일주일 동안 김치를 먹지 못해 식욕이 나지 않았다.

그러자 마음속에 아내가 매일 김치를 상에 올리느라고 얼마나 애를 썼는지 조금은 알 것도 같은 느낌이 들었다.

전공서적을 구입하러 갔던 대학서점에서 남자는 영어로 된 재미있는 책을 발견했다. 《김치 만드는 법》(How to make Kimchi)이라는 책이었다.

그는 책을 집어 들고 카운터로 가면서 회심의 미소를 지었다. 아내가 얼마나 기뻐할까 하는 생각이 들어서였다.

신기한 것 좋아하지, 김치 담그기 좋아하지, 또 남편 좋아하지.

이 선물은 정말 완벽한 삼박자를 갖추었다.

흐뭇한 마음을 이기지 못한 남자는 귀국하는 비행기에서 기내 선물을 판매하는 스튜어디스에게 자랑 삼아 책을 보여주었다. 이렇게 좋은 선물은 기내 카탈로그에도 없을 거라는 자랑과 함께……

스튜어디스는 잠시 생각해보더니 선물 카탈로그에 있는 진주 브로치를 아내에게 책과 함께 선물하면 어떻겠느냐고 권했다.

남자는 고개를 저었다. 그리고 속으로 생각했다.

'역시 내 아내 마음은 나밖에 몰라.'

진실 게임

늙은 남편이 어느 날 새로운 게임을 배워 왔다.

"여보, 여보……."

그는 신기하기 짝이 없어하며 말했다.

"우리 이거 한번 해보면 어때? 질문을 받으면 꼭 진실만을 말해야 되는 거야. 대답을 못하면 벌로 술 한 잔을 대신 마시는 거지."

늙은 아내는 질색을 했지만 남편은 강권을 했다.

아내가 할 수 없이 양보했다.

남편이 첫 질문을 했다.

"당신 나한테 시집와서 행복해?"

아내는 한숨을 내쉬더니 아무 말 없이 앞에 놓인 술잔을 들어 마셨다.

아내가 물을 차례였다.

"당신 비상금은 어디다 감춰놓았어?"

이번에는 남편이 술 한 잔을 마셨다. 그리고 물었다.

"날 처음 만날 때처럼 사랑해?"

아내가 또 술 한 잔을 마셨다. 그리고 물었다.

"아직도 그때 좋아했던 그 여자 생각나?"

남편이 술잔을 들었다. 다 마시고 한마디 던졌다.

"당신은 그놈의 첫사랑 잊어버렸어?"

아내가 대답하지 않고 술잔을 들려고 하자 남편은 한숨을 푹 내쉬었다.

술을 세 잔이나 마시는 바람에 술기운에 얼굴이 발그레해진 아내가 세 번째 질문을 던졌다.

"당신 배 안 고파?"

남편이 실죽 웃더니 답했다.

"배고파."

아내는 밥을 차리러 가고 남편은 텔레비전을 켰다.

진실 게임은 그렇게 끝났다.

스토커의 배반

"나는 네 결혼식 날, 그만 인생을 하직하려고 해."

마지막으로 들은 이 말이 기억 날 때마다 남자는 한기를 느꼈다.

그때 그는 전화에 대고 미친 듯이 소리쳤다.

"너 지금 제정신이냐? 넌 사이코야. 네가 말하는 사랑은 병적인 집착일 뿐이야. 모르겠니? 왜 내가 너를 떠났는지? 나는 네 사랑이라는 이름의 집착에 질렸어. 숨을 쉬지 못하겠어. 어떻게 그렇게 아무런 자유도 없이 옭아매려고 들어. 그런 관계는 미친 짓이야. 넌 스토커라고. 그러니 네가 하고 싶은 대로 뭐든지 하라고. 안 말릴 테니까."

대답 없이 전화는 끊어졌다. 결혼식 날은 하늘이 쏟아져 내리듯 폭우가 퍼부었다. 차에서 현관까지 몇 걸음 되지도 않는데 신부의 웨딩드레스는 비에 젖었다.

그 후 직장도 집도 그 어느 곳에도 그녀와 연락이 되지 않았다. 그 상태로 6개월이 지나자 그는 부쩍 수척해지고 신경질이 늘었다.

'어딘가 깊고 푸른 물속에서 썩어가고 있는 것일까.'

'으슥한 산속 발견되지 않을 곳에서 음독이라도 한 걸까.'

고문에 가까운 반 년이 지난 어느 날, 회사에서 퇴근하는 길에 남자는 전화를 받았다.

"잘 지냈어?"

그녀였다. 그는 숨이 멎는 듯했다.

"어디야? 대체 어디야? 살아 있었어?"

그녀는 나지막하게 웃었다.

"그래. 그동안 너를 괴롭히려고 부잣집 노인 간병인으로 숨어 있었지. 그런데 다음 주에 그 부잣집 아들하고 결혼해."

남자는 충격 때문에 말이 막혔지만 더듬더듬 말했다.

"다행이야. 어쨌든 네가 살아 있어서."

"나도 그렇게 생각해. 이젠 별 볼일 없는 너를 잊을 수 있으니까."

그녀는 이렇게 마지막 선언을 하고 남자를 떠났다.

그 후 남자는 가끔 탄식했다.

"스토커 주제에 그렇게 배반해도 되는 거야?"

황혼 이혼

작은 키에 초췌한 표정의 할머니는 막무가내였다.

"그냥 이혼은 말고 그놈의 황혼 이혼인가 하는 것을 꼭 죽기 전에 하고 싶어."

법률상담소에서 할머니와 이야기하던 상담원은 차근차근 설명했다.

"할머니. 이혼은 다 이혼인데요. 나이 드셔서 하는 이혼을 그냥 황혼 이혼이라고 부르는 거예요."

"그런 소리 말어. 신문에도 나고 뉴스에도 났어. 요즘 그게 대 유행이래."

"유행이라고 뭐든지 다 따라 하실 수는 없잖아요."

"하여튼 나 이 영감하고 더는 못 살겠어."

"무슨 일이 있으셨어요?"

"무릎이 아파 잘 걷지도 못하는데 시도 때도 없이 자꾸만 밥을 달라는 거여."

"얼마나 자주 그러시는데요?"

"아침, 점심, 저녁. 그러니까 세 번이여."

"그건 다 식사 때잖아요?"

"그뿐만이 아녀. 또 괄시가 말두 못해. 걸핏허믄 화내구 하대하구. 영감두 나랑 더 못 살겠대. 공손치 못허구 심통만 는다구."

"그래서 이혼하시게요?"

"아, 말을 못 알아듣네. 그냥 이혼이 아니라 황혼 이혼을 하겠다는 거여. 내가 시방."

상담원은 웃음을 터뜨렸다.

"할머니, 법적으로 황혼 이혼이라는 건 없어요."

"딴 이혼은 싫어. 황혼 이혼이라야 해."

"어째서 꼭 황혼 이혼만 하려구 하세요?"

"뭔가 거시기 듣기 괜찮잖어. 전에 황혼이란 제목으루다가 영화도 있었어."

"할머니, 이혼 상담하시려면 해드리고 아니면 다음에 뵐게요. 다른 분들이 많이 기다리고 계셔서요."

"나 참. 알었어. 그럼 내 집에 갔다가 영감하고 다시 의논하구 올게. 영감도 기냥 이혼은 안 되지만 황혼 이혼이라면 괜찮다고 했거든. 애들헌테두 낯이 서구 뭔가 편안해 보이잖어."

일흔이 훨씬 넘어 보이는 할머니는 힘들게 일어서서 천천히 상담실을 나갔다. 전혀 편안해 보이지 않는 걸음걸이로……

위험한 대화

"날 좀 그만 괴롭혀."

남편이 비명을 지르듯 말했다.

"내가 뭘 괴롭혔다고 그래요. 오디오 소리 좀 작게 하자는데. 무슨 말만 하면 성질을 내요?"

"날 좀 내버려둬. 하루 종일 직장에서 시달리고 집에 와서 좋아하는 음악 한 곡 못 들어?"

"그게 아니라 음악도 음악 나름이지 그렇게 크게 틀면 윗집 아랫집이다 시끄럽잖아요. 지금 열한 시가 넘었는데."

"당신은 마음대로 테레비 크게 틀어놓고 되지도 않는 드라마 열한 시가 넘도록 보잖아."

"내가 언제 그렇게 크게 틀었어요? 그리고 뭐가 되지도 않는 드라마예요?"

"관둬. 내가 뭘 싫어하는지 알잖아. 당신은 언제나 자기가 하는 일은다 옳으니까."

"이이가 말하는 것 좀 봐. 밥하고 청소하고 애들 돌보고 종종대다가낙이라고는 드라마 한두 개 보는 것뿐인데 그게 그렇게 꼴 보기 싫어요?"

"뭐가 한두 개야. 아침 드라마에 일일 드라마에 미니시리즈에 주말연속극까지 다 보면서."

"당신은 뭐가 그렇게 잘나서 나를 그렇게 비난하는데?"

"나 한 번도 내가 잘났다고 한 적 없어."

"그럼 이 한밤중에 집이 떠나가라고 바그너를 틀어놓고 지휘하는 폼을 잡고 있는 당신이 정상이란 말예요?"

"아니, 정상이 아니면 그럼 내가 지금 정신병자란 말이야?"

"누가 그렇댔어요?"

"말하기 전에 생각이라는 걸 좀 해봐. 당신이 나를 무시하니까 나도 그렇게 되는 거야."

"내가 언제 무시했어요? 다정하게 말을 걸면 대꾸도 하지 않고 무시하는 게 누군데."

"언제 다정하게 말을 걸었는데? 오 년 전에? 십 년 전에?"

"정말 사람 잡겠네. 오늘 아침에도 하도 피곤하다길래 병원 가봐야 되지 않느냐구 했더니 아침부터 왜 속을 뒤집어놓냐고 화내며 출근한 게 누군데?"

"당신 말 잘했어. 그게 다정한 거야? 내가 요새 잠자리가 부실하다고 은근히 비아냥댄 거 아냐?"

"어머나, 어머나. 아니 왜 그렇게 속이 비틀렸어요? 그 지휘 좀 그만 하고 대답 좀 해봐요."

"그래, 그러는 당신 속은 고속도로처럼 뚫려 있는 줄 알아? 난 지극히 정상이야. 문제는 당신이지."

오늘 낮에 텔레비전에서 본 강사는 부부 간에 대화가 늘어나면 행복이 온다고 했는데, 이렇게 많은 말을 나누고도 불행하기만 한 이유는 대체 무엇일까. 아내는 물속에 잠수한 해녀처럼 호흡을 가다듬고 가리비 조개처럼 입을 꽉 다물었다.

남편은 지휘하던 시늉을 멈추지 않은 채 눈을 감았다. 아내가 갑자기 일어서서 난폭하게 오디오를 끄더니 베개를 들고 방을 나가버렸다. 남편은 감았던 눈을 번쩍 뜨고 마지막 일갈을 했다.

"빨리 못 들어와? 이제 대화가 막 무르익어가는 판에 왜 이래?"

우리가 머무를 집

부부는 드물게 사이가 좋았다.

아이는 없었지만 고생스러워도 내색하지 않고 서로 위하며 살아갔다. 작은 공장에 나가는 남자의 수입은 많지 않았고 아내는 몸이 약했다. 나중에라도 맞벌이를 하기 위해 아내는 공인중개사 시험 공부를 시작했다. 재미있는 부분도 있었지만 대체로 지루하고 힘든 공부였다. 밤새워 공부하면서 여러 해 동안 몇 번이나 실패한 끝에 결국 합격했다.

부부는 기뻐하며 이제 남편의 남루한 일을 접고 부동산중개업소를 열어 함께 일할 꿈에 부풀었다. 남편과 아내는 부동산중개업소로 맞춤한 자리를 알아보러 직장을 쉬는 주말이면 신도시가 서는 이곳저곳을 헤매고 다녔다. 쉬운 일은 아니었다. 손에 쥔 돈도 많지 않았지만 괜찮아 보이는 자리에는 이미 숨도 못 쉴 기세로 바짝 붙어 부동산중개업소들이 늘어서 있었다.

 그렇지만 둘이 함께 오순도순 일하고 합격증도
벽에 걸어놓고……. 많은 걸 바라는 건 아니었
다. 찾아오는 사람들에게도 친절하게 대하면 손
님이 늘어나 노후를 서로 의지하고 살아갈 수 있겠
지. 두 사람의 꿈은 사그라지지 않았다.

 그러던 어느 날부터인가 점점 피곤을 호소하며 몸이 자꾸 붓는다던
아내는 마침내 병원에서 신부전증 진단을 받았다. 투석을 하며 투병을
했지만 예후는 좋지 않았다. 지나친 과로와 스트레스도 원인이 된 것
같다고 했다. 의사는 왜 미리 병원을 찾지 않고 이렇게 늦게 왔느냐고
나무랐다.

 얼마 후 아내는 숨을 거두었다. 남편은 아내의 산소 앞에 향을 피우
고 술을 따라 올린 다음에 절을 했다. 아내가 받은 자격증은 액자에 넣
어 향로 뒤에 놓았다.

 "여보."

 남자는 목이 메어 말했다.

 "그곳에 먼저 가면 배운 거 다 동원해서 좋은 곳에 자리 잡고 있어.
내가 따라가면 함께 살 수 있는 집으로. 응?"

 해가 기울도록 우두커니 앉아 있던 남편은 기운 없이 일어섰다.

 산 아래 어디에도 이제 그가 머무를 수 있는 곳은 없어 보였다.

 그래도 아내가 마련한 저세상의 집에 갈 때까지는 고단한 몸을 땅 위
의 집에 의탁해야만 했다.

뉘엿뉘엿 지는 해를 마주 보며 남자는 힘없이 걸어 내려가기 시작
했다.

갇혀 있는 마음

여섯 쌍이 둥글게 모여 앉은 부부 대화 캠프에서 한 부부가 이야기를
꺼냈다.

남편은 밖으로 나도는 아내 때문에 마음이 상한다고 했고, 아내는 걸
핏하면 화를 내는 남편 때문에 집에 있고 싶지 않다고 이야기했다.

강사가 남편과 아내에게 물었다.

"어릴 때 스트레스를 받으면 어떻게 하셨어요?"

"그냥 혼자 울었어요."

남자가 대답하자 다른 부부 참석자들 중 몇 사람이 작게 웃었다. 아
내는 대답했다.

"속상한 거 잊어버리려고 밖에 나가서 친구들하고 놀았어요."

"속상한 이야기는 친구들에게 했나요?"

"아니오."

강사는 남편에게 다시 물었다.

"어릴 때 울면 누가 위로해줬나요? 아니면 운다고 야단을 쳤나요?"

"아무도……."

남자의 목소리가 갑자기 목에 걸리는 것 같았다. 남자는 큰기침을 한 다음 말을 이었다.

"위로해주지는 않았어요."

"이제 어른이 되어서는 어떠세요? 지금도 스트레스 받으면 우세요?"

"울고 싶을 때도 있지만 그냥 참거나 나도 모르게 화를 내게 되요."

"사실은 그럴 때 위로받고 싶으세요?"

남자는 가만히 고개를 끄덕였다.

"그런 마음을 배우자에게 말한 적이 있으세요?"

남자는 고개를 저었다. 아내에게 강사가 물었다.

"지금은 스트레스 받으면 어떻게 하세요?"

"친구들을 만나서 이야기하고, 놀고 그래요."

"그러세요. 사실은 남편이 좀 더 이해해주기를 원하세요?"

"네."

"그러니까 두 분이 내 마음이 진짜 어떤지는 서로 이야기하지 않으시는 거네요?"

두 사람은 조용해졌다.

강사는 고개를 끄덕이더니 부부들을 바라보면서 물었다.

"스트레스 받을 때 배우자에게 속마음을 다 이야기하시는 분 계십니까?"

사람들은 서로 바라보기만 할 뿐 아무도 손을 들지 않았다.

"어릴 때 배우자가 마음에 상처를 받았을 때 어떻게 했는지 아시는 분은?"

모두들 조용해졌다.

"자, 이제 배우자를 바라보세요."

사람들은 옆에 앉은 배우자를 새삼 낯선 사람처럼 쳐다보았다.

"이제 곁에 앉은 배우자한테 어릴 때 스트레스를 받으면 어떻게 했는지 이야기해보실래요? 그리고 지금은 어떻게 하는지도 말해보시구요."

조금은 어색해하기도 하고, 조금은 웃기도 하면서 부부들은 말을 하기 시작했다. 처음에는 작은 소리로 시작했지만 말소리가 점점 커지면서 사람들은 배우자에게 자기 마음을, 자기 어린 시절을 조금씩 이야기하기 시작했다.

갇혀 있다가 밖으로 나온 마음들은 음악소리처럼 방 안을 채웠다.

이젠 내가 생각할게

실직한 남편이 일자리를 다시 찾는 동안 힘든 살림을 꾸려가느라고 온갖 애를 쓰던 여자가 몇 달 전, 말기 폐암 진단을 받았다. 위독해서 일주일 전에 다시 입원했다는 남편의 연락을 받은 친척들이 병원을 찾았다. 친척들은 복도에 서서 우선 비싼 일인 실에서 다른 병실로 옮기는 게 어떠냐는 이야기들을 나누었다.

"이보게, 현실을 직시해야지. 지금 혼수상태라 의식도 없는데 비싼데 누워 있으면 본인이 알기나 하나."

남편은 반대했다.

"그렇지만 그동안 나와 아이 생각만 하느라고 아내한테는 고생스러운 현실밖에 없었습니다."

다른 사람이 간곡하게 말했다.

"이보게, 아내가 의식이 있어 생각한다면, 자네한테 조금이라도 더 돈을 남겨주려고 하지 이런 데 있고 싶어 하지는 않을 거네."

남편은 고집스럽게 입을 열었다.

"아내한테는 내가 귀에 대고 이야기했어요. 아무 생각도 하지 말고 편하게 쉬라고. 이제 힘든 생각은 내가 다 할 거라고."

"아니, 그건 너무……."

"아닙니다. 맨날 제일 싼 옷, 제일 싼 음식, 제일 싼 병실……. 이런 것만 찾던 아내가 정말이지, 저는……."

남편은 목이 메었다.

"올해 공무원 시험에 붙었으니까 곧 형편이 나아질 겁니다. 나중에 돈을 벌어도 아내한테 아무것도 해줄 수 없으면 그게 다 무슨 소용이에요. 우리 집이 작기는 하지만 대출도 받을 수 있습니다."

"자네 심정은 알겠지만……."

"염려해주셔서 감사합니다. 그렇지만 저도 생각이 있어요."

남편이 눈물이 그렁그렁한 채 병실로 돌아간 후 친척들은 한동안 입을 열지 못했다.

"아직 세상 물정을 몰라. 저렇게 철이 없으니……."

그러자 유복하게 지내는 한 친척이 무겁게 입을 열었다.

"나는 병실에 누워서 가족들이 돈 문제로 다투는 걸 들어본 적이 있습니다."

다들 조용해졌다. 한참 후 다른 사람이 어렵게 말을 꺼냈다.

"그러지 말고 우리가 돈을 좀 걷읍시다."

현실을 주장하던 친척이 따지고 들었다.

"그렇지만 우리까지 이성을 잃으면 안 됩니다. 현실이 있지 않습니까, 현실이."

병실에 누워서 가족들의 다툼을 들었다던 사람이 말했다.

"내가 의식이 없는 줄 알고 자식들 중 하나가 꼭 그렇게 말하더군요."

잠시 후 사람들은 자기가 얼마씩 낼 수 있는지를 주섬주섬 말했다. 현실을 주장하던 친척도 액수를 대며 중얼거렸다.

"나까지 이렇게 비현실적이 되어서는 안 되는데……."

조용한 남자

원래 큐피드의 화살을 한번 맞고 나면 거의 이성을 잃게 된다는 말을 그는 믿지 않았다. 그는 냉철하고 이성적인 사람이었고 결혼한 아내에게 큰 애정은 없었지만 큰 불만도 없었다. 아이들 둘이 태어나고 밖에

서 타성처럼 변호사 일을 하고 집에 돌아오는 것이 그의 일과였다. 그러던 그가 처음 그녀를 본 이후로 그의 삶은 송두리째 파탄에 이르렀다. 남편의 사업에 관련된 일 때문에 사건을 의뢰하러 왔던 그녀는 아름답고 감성이 풍부한 사람이었다. 사건은 잘 해결이 되었고 변호를 맡아주었던 그에게 저녁을 대접하고 싶다는 그녀의 초대를 수락한 것이 화근의 불씨가 되었다. 두 사람은 미칠 듯한 정염에 빠져들어 마침내 모든 것을 뒤로하고 함께 밴쿠버로 떠나버렸다.

"그럴 수가 있을까?"

"거 참, 그 정열이 부럽네."

아는 사람들은 전부 다 두 남녀의 이야기를 들먹거렸다.

"이건 완전히 소설 아냐? 잘나가던 두 사람이 일도 가정도 버리고 먼 나라로 떠나버리다니."

"현실은 가혹한 거야. 이제 머지않아 고개 숙이고 돌아올 거야."

과연 일 년 후 두 사람은 돌아왔다.

여자의 남편은 여자를 받아들이지 않았다.

남자의 아내는 남자를 받아들였다. 아이들의 아버지라는 이유에서였다.

여자는 외국으로 혼자 떠나고 남자는 묵묵히 변호사 일을 다시 시작했다.

남자의 아내는 남편의 침묵을 더 이상 견디기 어려웠다.

"말 좀 해봐요. 이건 소 죽은 귀신도 아니고……."

남자는 그저 묵묵부답이었다.

"정 그럴 거면 그 여자를 다시 따라가세요. 내 아무 말도 하지 않을 테니."

남자는 대답하지 않았다.

아내는 마침내 상담소의 문을 두드렸다.

"남편이 너무 우울해해요. 무슨 일이라도 저지를까 봐 불안해 죽겠어요."

상담원은 남편과 함께 다시 찾아오라고 권유했다. 나타나지 않는 사람을 상담해줄 수는 없기 때문이었다. 그 다음 주에 남편이 혼자 나타났다. 그는 상담원의 질문에 별 대답을 하지 않았다.

"아무 말씀도 하고 싶지 않으세요?"

남자는 고개를 끄덕였다.

"아내가 몹시 걱정하고 있습니다."

그가 조금 후 말문을 열었다.

"그 여자는 원래 남의 걱정 같은 건 하지 않습니다."

"그렇지만 여기에 와서 남편이 걱정스
럽다고 도움을 청했습니다."

"걱정스러운 건 자기 자신일 겁니다."

상담원은 잠시 침묵한 후에 말했다.

"지금 이 상태로 계속 살고 싶으십니까?"

상담자의 질문에 남자는 한동안 말이 없었다. 한참 후 그는 조용하게 대답했다.

"지금 살아 있다는 느낌이 전혀 들지 않습니다. 그러니까 아무래도 상관이 없어요. 이제 다시 저를 부르지 않으셨으면 좋겠습니다."

남자는 조용히 일어나서 집으로 돌아갔다.

50명의 명단

그는 말하자면 한 시대의 풍운아였다.

고위직을 섭렵하고 재산도 상당히 모았다. 그러나 나이 들고 정권이 바뀌면서 여러 가지 추문에 휩싸여 오랫동안 사람들의 기억에서 사라졌다. 재산도 잃고 사람들에게도 잊혀져가던 그는 아내가 세상을 떠난 후 급격히 쇠약해졌다.

지병이 찾아들고 병마를 이기지 못한 그는, 이제 마음의 준비를 하는 게 좋겠다는 의사의 말을 듣고 자신의 인생에 대해 곰곰이 생각해보았다. 지나간 일들이 그림자처럼 머릿속을 스치고 지나갔다.

그는 인생의 뒤안길을 되돌아보며 공들여서 50명의 남자와 여자 이름이 적힌 명단을 작성했다.

그리고 큰아들에게 당부했다. 여러 사람들 귀찮게 하지 말고 이 50명에게만 내가 세상을 떠났다는 사실을 알려다오. 내가 잘 지낼 때 많이 도와준 사람들이다. 지금은 연락이 끊겼지만 내가 죽었다는 소식을 들으면 만사 제쳐놓고 달려올 거다.

아들은 그러마고 했다. 물론 응낙하기 전에, 돌아가신다는 소리는 하지 마시라는 말을 하긴 했다. 아무튼 아버지가 쇠약한 몸에서 나오는 마지막 기운을 내서 만든 명단을 공손하게 간직했다.

아버지가 세상을 떠나자, 명단에 있는 이름들의 전화번호나 이메일, 주소를 찾아 소식이 날아갔다. 그들은 대부분 세칭 출세한 사람들이었기 때문에 연락처를 찾는 것은 어려운 일이 아니었다. 하지만 명단에 있는 사람들 중에서 발인이 끝나기 전에 찾아온 사람은 다섯 명도 되지 않았다. 전화조차 오지 않았다.

그의 인생은 어떤 것이었을까.

자신과 가까웠다고 생각하며 기억했던 사람들이 어째서 나타나지 않았던 것일까.

영락해서 잊혀진 사람의 부음이 그저 귀찮기만 했던 것일까.

아들은 50명에게 연락했던 것을 후회했다. 그렇지만 아버지의 마지막 당부를 지키지 않을 수도 없었다. 세상에는 몰라서 오지 못했다는 변명을 하도록 놓아두는 게 더 좋을 수도 있다는 것을 아버지는 알지 못했던 것일까. 살면서 스쳐 지나갔던 사람들이 자신을 뒤로하고 앞으로 달려가고 있다는 사실을 알지 못했던 것일까. 아니면, 그 사람들의 입장에서 볼 때 마음이 오고 가지 않은 이해타산뿐인 관계라서 중요한 사람으로 기억에 남지 않았기 때문일까.

자녀들과 친척들이 참석한 장례식은 그런대로 아주 쓸쓸하지는 않앗다.

만약 아버지가 지상에서 일어난 일을 아셨다면 어떤 생각을 하셨을까. 유언에 따라 화장이 진행되는 동안 아들의 가슴속에는 만감이 교차했다.

그의 유해는 산속에 뿌려졌다. 사람들은 앞으로도 그를 기억하지 못할 것이다.

이영희

알랭 드 보통은
사랑에 빠지는 행위는
자기 자신의 허점을 넘어서고 싶어 하는
인간 희망의 승리라고 말했다.
짧은 소설 속
낯선 곳에서 펼쳐지는 그들의 운명적 사랑을 돌아보며
그동안 우리가 사랑했던 시간들을 위로받고
또 다른 희망을 가져보는 시간이 되었으면 한다.

. . .

충남대학교 생물학과를 졸업하였다.
1997년 〈카프카, 황금소로를 따라서〉로 《동서문학》 신인상을 수상하며 등단하였다.
창작집 《파두》를 출간하였고, 장편 〈빙하곡〉, 단편 〈아빠까바르 마마〉, 〈안다만의 노
을〉, 〈청색시대〉, 〈사라진 공중 도시〉 등을 발표하였다.

나의 티베르나

비행기 창문으로 고색창연한 프라하의 모습이 내려다보이기 시작했다. 이른 오후인데도 어느새 도시 전체가 어두컴컴해지고 있었다. 이 감독은 좀처럼 마음이 진정되지 않았다.

"감독님, 다 온 거죠?"

뒷좌석에서 끊임없이 재잘대던 메이크업 담당이 이 감독 어깨를 툭 치며 물었다. 평상시 같으면 응, 그냥 여기 내려줄까? 정도의 썰렁한 농담이라도 할 법한데 오늘따라 이 감독 표정이 심각하다.

20년 전 기억이 생생하게 떠올랐다. 메이크업 담당이 계속 뭐라 말했지만 이 감독은 눈을 감아버린다.

착륙 기내 방송 후 10여 분이 지나자 비행기는 굉음을 내며 무서운 속도로 활주로를 질주했다. 이 감독은 아까보다 더 가슴이 두근거렸다.

활주로에는 오스트리아 항공과 체코 항공 소속 비행기 두 대와 소형

비행기 몇 대가 덩그마니 놓여 있었다. 프라하 공항은 여전히 한가해 보였다. 비행기에서 내린 일행들은 서둘러 가방 찾는 곳으로 걸음을 재촉했다.

안에 들어서니 의외로 공항 분위기는 많이 달라져 있었다. 직원들 제복 색깔도 화사해졌고 무섭게까지 느껴졌던 사람들 표정도 많이 부드러워졌다.

일행들은 사람들 표정이 딱딱하다고 불평했다. 어느 나라나 여권 검사하는 사람들 표정이 다 그런데 더 심각해 보이는 분위기는 어쩔 수 없는 모양이다. 이곳 사람들이 유독 심하기는 하다. 티베르나도 환하게 웃는 편이 아니었다.

"감독님, 저……. 혹시 무슨 일 있으세요?"

카메라 감독이 옆에 다가와 슬그머니 묻는다.

'일은 무슨.' 이 감독은 아무렇지도 않은 듯 얼버무리며 짐 찾는 곳을 향해 걸어 나갔다. 일행들은 이 감독 뒤를 쫓아오며 평소와 달리 조용해진 이 감독에 대해 수군댔다.

프라하에 도착하니 더더욱 티베르나 생각이 났다.

'비포 선 라이즈'라는 영화를 보며 이 감독은 작가가 자기네 이야기를 먼저 도용해 쓴 것 아닌가 하는 생각이 들었다. 자기가 남자 주인공인 에단 호크처럼 잘생기지 않아서 그렇지 그녀는 줄리 델피만큼이나 예뻤다.

아버지 뜻을 따라 떠난 독일 대학에서 전공이 맞지 않아 방황하던 때였다. 아르바이트해서 번 몇 푼 가지고 기약도 없는 여행을 떠났을 때

비엔나로 가는 열차에서 티베르나를 만났다.

보풀이 인 낡은 녹색 스웨터를 입고 창백한 얼굴에 금발의 긴 머리를 질끈 묶은 그녀는 수줍어 고개를 들지 못했다. 이 감독은 그런 그녀 모습에 더더욱 마음이 끌렸다. 그러다 눈이 마주치자 작고 초라한 여행 가방을 무릎에 올려놓았다 옆에 놓았다 하며 어쩔 줄 몰라했다.

독일어에 능숙한 그녀와 이 감독은 서로 이야기를 주고받을 수 있었다.

"비엔나에 가세요?"

이 감독은 그녀에게 말을 걸었다.

"아니요, 비엔나에서 열차를 갈아탈 거예요."

그녀는 옆에 있던 가방을 다시 무릎 위로 올려놓으며 조그만 목소리로 말했다.

그녀 볼이 복숭아처럼 발그레해졌다.

"그러면 어디로……."

"프라그로 갈 거예요."

독일이나 체코에서는 프라하를 프라그라고 불렀다.

집안 형편이 어려워 프랑크푸르트에 일하러 갔다가 프라하 집으로 돌아가는 길이라고 했다. 오랫동안 객지 생활에 지쳐 있던 이 감독은 티베르나에게서 포근한 고향이 느껴졌다.

수줍어하며 말을 잘 하지 않던 티베르나를 웃게 한 것은 이 감독이었다. 아르바이트하던 집 주인 흉을 재미있게 보면 티베르나는 터져 나오는 웃음을 참느라 어쩔 줄 몰라했다.

차창 밖으로 끝없는 평원이 펼쳐지고 드문드문 한적한 농가가 보이자 티베르나가 말했다.

"꼭 우리 집 같아요."

이 감독은 티베르나의 어깨에 머리를 기댔다. 오랫동안 만난 사람 같았다.

티베르나가 손을 올려 이 감독의 얼굴을 조심스레 쓰다듬으며 말했다.

"우리 십 년 뒤에 다시 볼래요?"

이 감독은 기댔던 얼굴을 들며 티베르나를 와락 껴안았다. 그들은 오랫동안 움직이지 않았다. 그녀 입술의 뜨거운 온기가 이 감독 온몸에 전해져 왔다.

밤새 무슨 말을 했는지 기억도 잘 나지 않는다. 티베르나의 달콤하고 뜨거운 입술의 온기와 티베르나가 웃으며 자신을 쳐다보고 있는 것만 선명히 기억날 뿐이다.

기차 안에서의 시간은 너무 빨리 지나가고 있었다. 티베르나와 이 감독은 서로 몸을 안은 채 늦가을 기차 안의 추위와 싸웠다.

시간은 점점 다가오고 있었다. 티베르나는 일어나 가방을 챙기며 머뭇거렸다. 이 감독 가슴이 아려왔다.

"다시 볼 수 있지?"

이 감독은 비엔나에서 내리는 티베르나를 다시 꼭 안으며 물었다.

티베르나는 이 감독 어깨에 얼굴을 묻고 고개를 조용히 끄덕였다.

"십 년 뒤 구시가 광장 구시청사 시계탑 앞, 알았지?"

이 감독은 티베르나 눈을 뚫어져라 바라보며 다시 한 번 힘주어 확인했다.

　이 감독은 가난뱅이 유학생 처지에 프라하를 자주 오갈 수 없어 그녀 말대로 막연히 10년 뒤에 만나기로 약속했다. 10년 뒤쯤이면 모든 것이 대충 자리 잡으리라는 생각도 있었다. 그녀는 수줍게 또 고개를 끄덕였다.

　누군가 문을 열고 들어오자 쌀쌀한 바람이 들어왔다. 얇은 스웨터 하나만 걸친 티베르나가 몸을 부르르 떨었다. 손이 얼음장처럼 차가웠다. 이 감독은 자기 목에 두르고 있던 검정색 낡은 목도리를 풀러 그녀 목에 감아주었다.

　그녀는 한동안 아무 말 없이 이 감독을 바라보았다.

　티베르나가 눈을 감았다.

　"잘 가, 티베르나."

　이 감독은 티베르나에게 천천히 입을 맞추었다.

　독일로 돌아와 진지하게 그 이야기를 친한 친구에게 했더니 사이비 로맨티스트라며 놀려댔다. 이 감독은 진심이었다. 그 뒤로 많은 여자들을 만났지만 이 감독 마음 한구석에는 늘 티베르나가 자리 잡고 있었다.

　회사에서 프라하로 촬영 간다는 애기를 듣자마자 이 감독은 20년 전 생각에 빠져들었다. 어린아이처럼 티베르나를 다시 만날 수 있으리라는 희망을 가져보기도 했다.

　물론 그녀를 만날 가능성은 전혀 없었다. 이미 약속한 10년도 두 배는 훨씬 지나 있었고 그녀가 적어준 주소조차 몽땅 여행 중에 도둑을 맞았다. 이 감독이 베를린 주소를 적어주었지만 그게 여러 번 옮겨 다니다

보면 아무짝에도 쓸모가 없기 마련이다.

지친 일행들은 짐 찾는 곳에 도착하자마자 촬영 장비들을 찾아 호텔 셔틀버스로 직행했다. 초가을인데도 날씨가 제법 썰렁했다.

공항에서 다운타운으로 들어가는 도로는 예전보다 훨씬 더 정비되어 넓어졌지만 을씨년스러운 낡은 아파트들과 도시 전체에서 풍기는 서늘함은 여전했다.

이 감독이 우겨 서울에서 미리 예약해둔 구시가 광장 성 미클라세 교회 옆 체르나 리스키 호텔에 도착했다.

예전에 광장 앞을 열흘간 어슬렁거리며 방황하던 때 유난히 눈길이 가던 호텔이다. 문을 들어서자마자 카운터가 있는 역사가 깊고 아담한, 전형적인 중세 유럽 여관이었다. 중세 소설 속 낡고 작은 집을 그대로 옮겨놓은 것 같은 이곳은 안이 제법 깨끗하고 편리하게 꾸며져 있었다.

천장 서까래라든지 삐걱거리는 나무 바닥, 고색창연한 이중 나무창이라든가 하는 것은 놔두고 욕실만 샤워부스를 따로 설치한 것이 마음에 들었다. 전체 균형이 깨지지 않도록 조금씩만 손본 흔적이 역력했다. 하긴 프라하는 중세 그대로 존재해야만 살아남을 수 있는 도시이므로 그럴 수밖에 없을 것이다.

"우와, 감독님 방 전망이 제일 좋네요. 광장도 환히 다 보이고."

카메라 감독이 불쑥 들어와 나무 덧창문을 활짝 열며 감탄한다.

이 감독도 3층인 이 방의 전망이 마음에 들었다. 창문을 열면 광장 전체가 다 내다보이고 왼쪽 옆으로는 성 미클라세 성당과 바로 그 앞의 티베르나와 약속했던 시계탑까지 모두 다 보였다.

"이야, 감독님 저 이 방에 들어와 자도 됩니까? 그림이다, 그림."

이 감독은 수선 떠는 카메라 감독을 바라보며 빙긋이 웃었다.

"감독님 오늘 내내 이상하시네. 평상시 모습이 아닌데요?"

평소 재미있는 얘기도 곧잘 하는 이 감독이 조용히 있는 게 낯선지 카메라 감독이 자꾸 묻는다. 이 감독은 짐을 풀려다 그만두고 억지로 카메라 감독 등을 떠밀며 방을 나섰다.

저녁 시간까지는 아직 시간이 있어 요기라도 할 양으로 일행들을 데리고 밖으로 나왔다.

이 감독은 자꾸 구시청사 시계탑 쪽으로 눈길이 갔다. 아직 가슴속에 남아 있는 그 약속을 잊을 수가 없었다.

몰려 있던 사람들이 갑자기 일제히 함성을 질렀다. 광장 한 켠 구시청사 꼭대기에 있는 시계가 움직일 시간이 된 모양이었다. 티베르나와 같이 보고 싶었던 광경이었다.

해골이 줄을 당겨 종을 울리고 왼손의 모래시계를 거꾸로 놓자 맨 위의 창이 활짝 열리며 12명의 그리스도 사도가 등장했다. 사람들이 환호성을 질렀다. 12명이 한 바퀴 돌고 나자 닭이 울고 종이 울렸다. 모든 과정이 20초밖에 걸리지 않는데도 사람들은 그 광경을 보려고 한 시간 전부터 모여들었다. 일행도 사람들 틈에 서서 같이 환호성을 질렀다. 이 감독은 왠지 허전했다.

이 감독은 바보처럼 그 와중에 혹시나 하며 계속 두리번거렸다. 예전 학교 친구들 말대로 어쩔 수 없는 사이비 로맨티스트라고 자책하면서…….

광장에 모여 있던 사람들이 하나둘씩 빠져나가기 시작했다.

메이크업 담당과 카메라 감독이 출출하다며 멍하게 서 있던 이 감독 팔을 끌었다.

일행들 성화에 이 감독은 광장을 빙 둘러 있는 장난감처럼 예쁜 지붕의 노점상들 속에서 먹을 것 파는 곳을 찾았다. 두리번거리고 있는데 메이크업 담당이 핫도그 파는 곳을 발견하고 저기로 가자고 손으로 가리켰다. 일행은 그곳으로 몰려갔다.

별로 먹을 생각이 없던 이 감독은 출출하다는 일행들을 자기 앞에 세우고 계산이나 할 생각으로 줄 맨 뒤에 섰다.

다른 곳과 달리 핫도그 파는 곳 판매대가 얼마나 높은지 키가 180이 넘는 덩치 큰 촬영기사도 겨우 가슴팍에 닿을 정도였다. 사 먹는 사람이 주인을 우러러봐야 하는 이상한 구조였다.

턱수염 가득한 한 남자가 주문을 받더니 곧이어 앞치마를 두른 잘 익은 밀 색깔 머리의 통통하고 풍만한 여자가 손님들 손에 핫도그를 건넸다.

순간 이 감독은 그 자리에 멈춰 섰다. 잘못 본 건 아닐까 목을 길게 빼 여자 얼굴을 다시 한 번 확인했다.

'그녀였다.'

금발의 머리색도 바랬고 푹 파인 노란 해바라기 꽃무늬 원피스 사이로 가슴골이 크게 드러나 보였지만 분명 20년 전 티베르나가 틀림없었다. 이 감독은 숨이 멎는 것 같았다.

이 감독 앞 일행들이 손에 하나씩 핫도그를 들고 줄을 나올 때까지 이 감독은 못 박힌 듯 움직이지 않았다. 그녀 얼굴에서 눈을 뗄 수 없었다.

갑자기 옆에서 일하던 턱수염 남자가 사랑스러워 어쩔 줄 모르겠다는 듯 그녀에게 키스를 했다. 그녀는 남자의 얼굴에 묻은 무언가를 손으로 떼어내주며 활짝 웃었다.

이 감독이 놀라 잠시 멈춰 서 있는 동안 앞줄이 서너 사람 들어갈 만큼 비었다.

티베르나가 움직이지 않는 이 감독을 보고 이상하다는 표정을 지으며 고개를 갸웃한다.

날 알아보는 걸까? 이 감독은 가슴이 쿵쿵 뛰기 시작했다.

그녀는 이 감독에게 자기 앞으로 빨리 오라는 손짓을 했다.

"당신도 드릴까요?"

그녀가 어색한 영어로 이 감독에게 물었다. 목소리가 그대로다. 이 감독은 애써 숨을 고르며 천천히 고개를 끄덕였다. 알아볼까?

다른 손님에게 하듯 머스터드를 잔뜩 바른 핫도그를 건네주며 그녀가 웃었다. 핫도그를 받는 이 감독의 손이 떨렸다.

수줍은 미소도 여전했다.

이 감독은 땡큐 하며 그녀가 건네준 핫도그를 받아 들었다.

"고마워……. 고마워."

"뭐가 그렇게 고마우세요? 오늘 참 이상하시다니까."

연신 고개를 끄덕이며 고맙다고 중얼거리는 이 감독이 이상했던지 옆에 있던 촬영기사가 어리둥절해하며 말한다.

이 감독은 등을 돌려 나오다 다시 뒤돌아서 자신을 알아보지 못하는 티베르나를 한참 동안 바라보았다.

　밀려드는 손님 때문에 해바라기 무늬 원피스를 입은 그녀는 정신없이 바빴고, 이 감독은 멀찌감치 서서 그런 그녀를 하염없이 바라보았다.

　저 멀리 그녀 뒤로 얀후스 광장의 말 조각상들이 보였다. 그 말들이 녹색 스웨터 입은 금발머리 티베르나를 태우고 금방이라도 이 감독 앞에 나타날 것만 같았다.

디도의 눈물

−메종도리라는 호텔에 머물고 있어.

그의 메일은 그렇게 시작하고 있었다.

−며칠째 꼼짝도 하지 않고 침대에 머물러 있어. 방 안 가구들이 모두 제각각이라 혼란스러워. 알 수 없는 음악소리에 지상전철 지나는 소리까지 들려와 이중 창문을 꽉 닫아도 소용이 없어. 그런데 이젠 그 소리들이 괜찮아지고 있어. 점점 이곳이 마음에 드나 봐.

6개월 만에 받는 소식이었다.

하루 종일 일이 손에 잡히지 않았다. 환자를 몇 명 보았는지도 기억나지 않았다. 시간이 갈수록 가슴이 쿵쾅거리기 시작했다. 그녀는 병원 문을 닫자마자 전 남편 아르망에게 달려갔다.

"병원 좀 부탁해요."

아르망은 그녀가 허둥지둥 병원 부탁하는 일이 심상치 않아 보였는지 걱정스런 얼굴로 쳐다보았다.

"어디 좀 갈까 해서요."

아르망이 심각하게 양미간을 찌푸리며 어디? 하는 표정을 지으며 고개를 갸웃했다.

그녀는 아르망의 얼굴을 똑바로 볼 수 없었다.

"튀니지……."

아르망은 고개를 떨구며 말을 제대로 다 잇지 못하는 그녀를 보며 긴 한숨을 내쉬었다. 자세히 설명하지 않아도 아무 연관도 없는 그곳을 가겠다는 이유를 알겠다는 표정이었다.

그녀는 전 남편 아르망에게 진심으로 미안했지만 어쩔 수 없었다. 헤어지고도 늘 친구처럼 지켜봐주는 아르망에게 병원을 부탁하고 그녀는 그날로 벨기에를 떠났다.

'난 젊은 날에 세상을 떠나고 싶어.'

그가 늘 말하던 것처럼 혹시 그가 죽었을지도 모른다는 생각에 그녀는 하루도 편히 잘 수 없었다.

메일을 받고 그가 살아 있을 것이라는 희망만으로도 그녀는 가슴이 터질 것 같았다. 하지만 지금 그녀가 알고 있는 정보는 메종도리 호텔이 튀니지에 있다는 것뿐이었다.

메종도리 호텔은 겉으로 보기에는 고색창연하고 웅장해 보였다. 호텔 프런트와 벨보이, 레스토랑 웨이터 등도 초특급 호텔 수준이었다. 그러나 그럴싸한 프랑스풍의 겉과 달리 관공서를 고쳐 호텔로 개조한 듯한 실내 인테리어가 이상했다.

큰 복도에 하나뿐인 조명이 마음을 어둡게 했다. 그러고 보니 계단 올라가는 곳 조명이 희미했다. 내부 벽과 바닥은 모두 값비싼 대리석이었다. 값비싼 대리석을 썼으면 조명도 당연히 신경 써야 하는 것 아닌가 하는 생각이 들었다.

파랑과 흰색이 교차되는 물고기 문양의 튀니지안 스타일 타일 벽이 인상적이었다. 아마 이런 부분이 그의 마음에 들었는지도 모르겠다.

방은 넓고 깨끗했다. 하지만 어디서 얻어 온 듯 군데군데 귀퉁이가 떨어져 나간 오래된 옷장과 색깔도 다르고 분위기도 영 다른 낡은 서랍장과 거실장이 황당했다. 그 모든 것이 시골 보건소 느낌 나는 병원 수술실 풍경 같아 을씨년스러웠지만 2, 3일 지나고 나니 제법 견딜 만했다.

묵고 있는 방이 트램 지나가는 길목에 있어 새벽부터 시끄러운 것도 어느새 익숙해졌다. 건물 건너편 담배 파는 집에서 틀어주는 튀니지안 노랫소리도 이제 거슬리지 않았다. 객실에 텔레비전도 없고 할 일도 별로 없어 그 음악소리라도 들려야 적막감이 들지 않았기 때문인지도 몰랐다.

−너는 돌아갈 나라라도 있지 않느냐고 했을 때의 네 얼굴을 잊을 수 없어. 내가 지닌 근본적인 어두움을 너는 다 이해해주었지. 고마웠어.

마지막 인사라도 하듯 메일에 그는 고맙다고 썼다. 왜 그는 고맙다고 하지 않고 고마웠다고 과거형으로 말한 것일까? 그녀는 종일 침대에 누워 그 생각을 했다.

그를 만나기 전에는 입양아인 그녀보다 더 큰 아픔을 갖고 있는 사람은 많지 않을 것이라 생각하며 살았다. 아르망이 돌아오기를 원했지만 그녀는 자신보다 더 큰 상처를 가진 그가 안쓰러워 곁을 떠날 수 없었다.

이틀 만에 밖으로 나왔다.

한여름 지중해의 강한 햇볕이 얼굴을 따갑게 내리쬐었다. 건조하고 부드러운 바람이 그녀의 얼굴을 스쳤다. 가로수에 달려 있는 오렌지 향기가 코끝을 스친다. 울퉁불퉁한 돌을 박아 오랜 세월의 흔적이 남은 도로 위로 낡은 트램이 천천히 돌아다니고 사람들은 트램을 피해 아무 곳에서나 길을 건넜다. 지금 어디에 있을까? 이런 한적한 길을 그와 걷고 싶다는 생각이 간절했다.

어디로 갈까 망설이다 그가 메일에 쓴 시디부사이드가 떠올라 그곳에 가보기로 했다.

거리 곳곳에 프랑스인들이 눈에 띄었다. 튀니지는 오랫동안 프랑스 식민지였기 때문에 어디에서나 프랑스 말이 통해 편하기도 하고 맑은 하늘과 유난히도 푸른 지중해 바다가 있어서인 모양이다.

도심의 상징인 큰 시계탑 뒤에 있는 튀니스마린 역에서 시디부사이드 역으로 가는 시외전철을 기다렸다.

곱슬머리에 가무잡잡한 피부 높이 솟아 있는 코 등 튀니지 사람들은 대부분 중동 사람 같아 보였지만 그래도 그쪽 사람들과는 또 다른 느낌이었다. 극복했다고 생각하지만 한국인 입양아라 벨기에에서 부자연스러웠던 기억들이 아직도 상처로 남아 있다. 그래서인지 그녀는 어딜 가나 좋은 의미든 나쁜 의미든 간에 다른 인종의 외모에 민감하게 반응한다.

가끔 히잡 쓴 사람도 있기는 하지만 여자들은 자유로워 보였다. 지상 전철을 타고 출퇴근하는 직장여성들은 아무런 거리낌 없이 머리를 드러내었다. 길거리에 여자들은 별로 없고 남자들만 부지런히 다니는 것이 조금 이상하기는 했지만 평화스럽고 나른한 분위기였다.

평일이라 그런지 시외전철 안은 한적했다. 서로 마주보게 되어 있는 전철 의자는 오래된 남색 벨벳 천으로 덮여 있었다. 어른 앉은키보다 훨씬 높은 의자 등받이는 생각보다 편했다. 건너편에 앉은 눈이 큰 여자아이가 신기한 듯 그녀를 바라보다가 그녀가 아는 체하자 수줍게 얼굴을 돌렸다.

그녀는 눈을 감고 귀에 mp3 리시버를 꽂았다.

그와 처음 만났을 때 들었던 '내가 대지에 묻혔을 때' 라는 디도의 아리아가 들려왔다.

내가 죽거든
내 잘못으로 하여금 당신 가슴에
아무 근심도 생기지 않길 바라요.
나를 기억해줘요. 하지만 내 운명은 잊어줘요.

전 남편 아르망이 〈디도와 아이네아스〉 오페라 공연장에서 그를 소개시켜주던 날이었다.

벨기에 주재 한국 대사관에 근무한다던 그는 키가 크고 눈빛이 서늘해 보이는 동양 남자였다.

같은 한국인이니 서로 잘 통할 거라는 남편의 소개를 받는 순간 그녀는 숨이 막히는 것 같았다. 그는 그렇게 운명처럼 다가왔다.

공연이 끝난 뒤 남편이 동료 의사와 중요한 얘기가 있다며 잠깐 자리를 비운 사이 그가 그녀에게 조용히 물었다.

"한국에서 언제 오셨어요?"

그녀는 멈칫했다. 언제 왔다고 해야 할지 대답이 금방 떠오르지 않았다.

당황해하는 그녀에게 그가 웃으며 다시 물었다.

"이곳에서 태어나셨군요."

그녀는 천천히 고개를 저었다.

"세 살 때 입양되어 왔어요."

그때 그의 표정을 뭐라 설명할 수 없다. 잠시 그의 서늘한 눈빛이 그녀의 눈동자에 꽂혔다.

"한국에 가보고 싶으세요?"

그녀는 다시 고개를 저었다.

고개를 젓는 그녀를 보며 그가 쓸쓸한 표정을 지으며 말했다.

"실은 저도 한국 가고 싶은 생각……. 별로 없어요."

"왜요? 고향이잖아요."

"그곳에 아무도 남아 있지 않으니까요."

그는 한참 동안 천장에 달린 샹들리에를 바라보았다.

"부모님이 일곱 살 때 교통사고로 돌아가셨어요. 그 후 할머니 할아버지 손에 컸지만 그분들도 내가 중학생일 때 돌아가셨죠."

거기까지 말을 끝낸 그는 입을 꽉 다물고 더 이상 말하지 않았다.

그녀는 갑자기 목구멍이 뜨거워졌다.

"이런 말 하는 것, 당신이 처음이에요."

그가 그녀의 눈을 바라보았다. 그녀의 눈에 눈물이 가득 고여 있었다.

그는 천천히 손을 들어 그녀의 눈물을 닦아주었다. 그의 길고 가는 손가락이 아름다웠다.

"미안해요."

무엇이 미안한지 알 수 없었지만 그녀는 그렇게 말했다.

그녀는 그날 이후 알 수 없는 강한 힘에 점점 더 이끌리고 있는 자신을 어찌할 수 없었다.

그날 밤 그녀는 아르망에게 생전 처음 느껴본 그 사람에 대한 감정을 말했다. 갑작스런 그녀의 변화에 놀란 아르망은 시간을 줄 테니 천천히 생각해보자고 했다. 남편은 돌아오기를 바라며 조용히 지켜봐주었지만 그녀는 돌아갈 수 없었다.

그는 유난히도 오페라 〈아이네아스와 디도〉를 좋아해 둘은 그 공연이 있을 때마다 보러 갔다.

"아까 떠나는 아이네아스를 보며 여왕 디도가 자결할 때 소름이 끼쳤어."

그가 결연한 표정을 지으며 그녀의 손을 꼭 잡았다.

"비극적인 사랑 이야기가 뭐가 좋아."

그녀는 그가 죽음에 대해 말하는 것이 두려웠다.

"나는 죽음까지 갈 수 있는 그런 사랑이 마음에 들어."

그는 여전히 자기 속의 무언가가 부서지기를 바라고 있는 것 같아 보였다.

"난 디도의 마지막 아리아처럼 죽음에 이르는 절정의 순간을 그림으로 그려내고 싶어."

그는 금방 터질 것같이 크게 부풀어 오른 풍선처럼 늘 불안했다.

그녀가 돌아오기를 기다렸지만 점점 더 가까워지는 그들을 보며 괴로워하던 남편은 오랜 고민 끝에 그녀 곁을 떠났다.

결혼 7년 동안 아이는 없었지만 그녀와 남편은 의사로 일하며 가정생활에 만족하며 살았다. 동양에서 온 입양인에 대한 편견이 있기도 했지만 그녀의 남들보다 뛰어난 실력은 그 모든 것을 넘어서게 만들었다. 심지어 입양인이라는 생각까지도 잊게 만들었다.

그녀를 세 살 때 입양해준 양부모는 사회적 지위도 있고 경제적으로도 윤택해 그녀가 이렇게 되기까지 정말 따뜻하게 뒷받침해주었다. 그동안 남편도 그녀에게 든든한 지주가 되어주었다.

그런 평온했던 삶이 한국에서 온 그가 나타남으로써 모두 의미 없어지고 만 것이다.

그는 승진 날짜 며칠 전 대사관 일을 그만두고 홀연히 사라졌다. 대사관에서도 너무나 의외의 일이라 어떻게 해야 할지 모르겠다고 할 정도로 갑작스러운 일이었다. 그러고는 6개월 동안 소식이 없었다.

"지금 곧 당신에게 갈게."

사라진 그날 그는 평상시처럼 그렇게 말했다. 그 목소리는 6개월 내내 그녀의 귀에 맴돌았다.

디도의 노래가 끝나가고 있었다. 그녀는 귀에 꽂았던 리시버를 뺐다.

하교하는 학생들이 타자 전철 안의 나른하고 한적한 분위기가 깨져 버렸지만, 까르르 웃는 소리와 서로 소곤대며 행복해하는 청소년기 아이들은 어느 곳에 가나 에너지 넘치고 사랑스럽다.

어느덧 시디부사이드 역 가까이 왔다. 역사 지붕과 기둥 그리고 높이 만들어놓은 철제 울타리에도 모두 다 파란 바다 빛으로 칠을 해놓았다. 구름 한 점 없는 하늘과 시디부사이드의 파란 페인트칠은 눈이 부셨다.

전철에서 내려 시디부사이드 언덕길로 올라가는 내내 흰 벽과 푸른 창틀, 그리고 똑같은 색의 문 지붕 등이 보였다. 창문에 내다 건 화분에 담긴 식물들만이 초록색을 띠고 있었다.

시디부사이드의 카페 드나트에서 바다를 보았다는 그의 메일이 생각 났다. 그녀는 그 카페를 찾아 뜨거운 햇볕을 마주하며 언덕길을 천천히 올라가기 시작했다.

언덕 위 카페 드나트에서 내려다본 항만에는 수십 척의 요트들이 나란히 정박해 있었다. 하얗고 푸른 하늘과 바다와 흰 요트가 서로를 기대며 떠 있었다. 호텔 벽에 그려진 하얗고 파란 물고기처럼 그는 지금 푸른 바닷속 물고기가 되어 있을까? 그녀는 지중해의 푸른빛을 바라보았다.

"지금 곧 당신에게 갈게."

그의 목소리와 함께 그와 처음 만날 때 들었던 디도의 노랫소리가 들
려오는 듯했다.

벨린다 그대의 손을 주오. 어둠이 나를 감싸오네.

그대의 가슴에 나를 쉬게 해주오.

더 살기를 원하지만, 죽음이 나를 엄습해오네.

죽음은 이제 나의 손님.

내가 죽거든

내 잘못으로 하여금 당신 가슴에 아무 근심도 생기지 않길 바라오

나를 기억해주오, 하지만 아……. 나의 운명을 저주해주오.

샹그릴라의 카이

며칠 전 사무실에 찾아온 카이 말대로 광고 문안을 쓰려니 쑥스러워 영 써지지가 않았다.

'밍글라바.'

한 글자 써놓고 나는 천장을 바라보았다. 실링팬 가장자리에 덕지덕지 붙어 있는 먼지가 금방이라도 얼굴로 떨어질 듯하다. 에어컨은커녕 천장에 달린 낡아빠진 선풍기마저 안 돌아가니 죽을 맛이다.

정전이 예사인 다른 곳과 달리 이곳은 전기 공급이 좋은 A급 지역인데 이번에는 어제부터 계속 전기가 들어오지 않는다.

갈증이 났다.

책상 위에 놓여 있던 1리터짜리 생수병 물은 이미 바닥나 있었다.

냉장고 문을 열어 만달레이 맥주를 한 병 집어 들어 마시자 미지근한 온기가 목구멍에 전해져 온다.

카이는 책상에 걸터앉아 있다가 내려와 여러 문구를 써주며 이거라도 해야 학비도 충당되고 이곳 생활비도 된다고 했다. 그리고는 내 앞으로 다가와 까칠한 내 볼을 천천히 쓰다듬었다.

그때 왜 나는 이미 다 잊었다고 생각한 이나가 떠올랐는지 모른다. 이나는 금방 수염 깎은 뒤 내 얼굴의 꺼끌꺼끌함을 좋아했었다.

그녀가 움직일 때마다 번쩍이는 금색 윗도리와 초록색 실크 논지의 사각대는 소리가 음악처럼 들렸다. 사무실 안은 웅웅거리는 에어컨 소리와 카이의 논지 사각대는 소리가 어우러져 깊은 늪 속으로 빨려 들어가는 느낌이 들었다.

그 외에도 기본 코스, 임페리얼 코스 등등 차별화된 가격의 여행 상품까지도 만들어줬다. 임페리얼은 또 뭐야? 하는 표정처럼 보였는지 카이는 굵게 웨이브 진 긴 머리를 위로 쓸어 올리며 말했다.

"이런 것도 몰라? 양곤 유명 나이트클럽 관광이라고나 할까? 아무튼 여행 상품 중에는 이런 게 꼭 있기 마련이야. 제일 부가가치도 높고 말이야."

영국인과의 혼혈인 카이는 눈을 살짝 흘기며 내 볼을 꼬집었다. 카이의 강렬한 푸른 눈을 피해 나는 못 들은 척 냉장고 앞으로 걸어가 문을 열었다.

"만달레이 한 병 줘요."

나는 하이네켄을 집으려다 말고 작고 통통한 만달레이를 두 병 집어 들었다.

법적인 의미로 이 여행사는 카이 것이다. 진 사장 권유로 그녀 명의

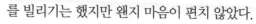

를 빌리기는 했지만 왠지 마음이 편치 않았다.

그녀는 이런 것 외에 호텔 할인 문제도 적극적으로 나서 다 해결해주었다. 쉐도나 호텔과 그녀가 소속되어 있는 초특급 샹그릴라 호텔까지도 좋은 가격에 섭외를 해주었다. 내가 하는 일이 없어 뒤로 밀리는 것 같아 중급 호텔인 싱퓨도는 내가 발품을 팔아 가격을 흥정했다.

뇌물과 연줄 없이는 아무것도 할 수 없는 이곳에서 특히 군부 연줄의 힘은 대단했다. 공식적으로 안 되는 일은 모두 그들이 나서면 언제든지 해결할 수 있었다.

모곡이라는 지방도시는 자기 집 앞마당 한 뼘조차 마음대로 파헤칠 수 없는 곳이다. 그 지역은 아무 곳이나 땅을 파면 루비가 나온다는 소문이 무성했다.

그곳은 뒤늦게 간 군대에 적응하느라 힘들 때 같은 내무반에 있던 동기가 밤마다 얘기해주던 곳이다. 중고차 매매를 하다가 군에 왔다던 그 친구는 자기 친한 친구 아버지가 미얀마에서 큰돈을 벌었다고 했다.

제대를 하고 오니 이미 집은 엉망진창이었다. 사업에 실패한 아버지는 채무자들을 피하느라 어딘가로 몸을 숨겼고 집안 물건에는 모두 빨간 딱지가 붙어 있었다. 대학원에 다시 들어가는 일은 있을 수도 없는 상황이 되어 있었다.

어머니가 쥐어준 돈 몇 푼으로 도망치듯 미얀마에 온 것도 어쩌면 그 엉터리 소문에 대한 막연한 기대 때문이었는지도 모른다. 절망은 순식간에 사람의 이성을 마비시킬 때가 있다.

미얀마 루비는 세계적으로 유명해 영국 엘리자베스 여왕의 왕관에 박힌 세계 최대의 루비도 바로 미얀마산이다. 그러니 정부에서 루비의 유출에 대한 감시가 심하지 않을 수 없다. 권력자들을 제외하고는 모곡 지방 외의 지역으로 루비를 반출할 수도 없고 루비 광산 채굴권도 아무나 가질 수 없다.

그런 것도 모르고 무모하게 이곳으로 달려온 것이다. 그러나 한편으로 그때 이곳에라도 오지 않았다면 어떻게 됐을까 생각하니 아찔하다. 이곳은 내 마지막 희망이다.

보석뿐 아니라 수산자원도 풍부하고 티크 목재도 그렇고 최근에는 가스 유전까지도 발견되었다. 가진 것은 많은데 아직 아무것도 할 수 없는 나라가 미얀마이다. 이런 곳에서 조금만 움직이면 돈이 될 듯한데 마음대로 할 수 있는 것은 아무것도 없었다.

갑자기 차가운 맥주가 마시고 싶다. 하지만 아까 마시다 남은 미지근한 만달레이 비어만 내 앞에 놓여 있다.

에어컨도 없고 천장의 팬도 안 돌아가는 무더운 하루가 또 지나가고 있었다.

카이의 집은 야민지 로드에 있다. 거리에 있는 건물에 새 페인트칠 좀 더 하고 주변이 깨끗하다는 것 외에 다른 곳과 차이 나는 점이 별로 없는 것 같아 보여도 시내에서 제일 번화한 곳이다.

영국 식민지 시대에 지은 빅토리아풍 석조 건물은 낡았지만 웅장한 맛이 있었다.

난간에 커다란 장식을 새긴 돌계단을 지나 2층에 올라서자 경비 서고 있던 군인 둘이 다가와 우리 둘을 제지했다.

미얀마 말이 아직 서툰 나는 진 사장 뒤로 한발 물러섰다. 진 사장이 유창한 미얀마 말로 뭐라고 말하자 우리를 잠시 훑어보더니 잠시 기다리라고 했다.

"말로만 들었는데 정말 어마어마하네?"

진 사장이 나지막한 목소리로 말했다.

"카이가 관심을 보이니 좋겠어."

진 사장이 나를 힐끗 곁눈질하며 중얼거렸다.

"무슨 말씀이세요. 우리는 전혀 그런 사이가……."

나는 얼굴이 화끈거려 말을 제대로 잇지 못했다.

"아니라니까. 그 여자가 공과 사가 분명하기로 유명한 여자야. 그렇게 시시콜콜 간여해 도움 주지 않는다고."

"아니, 그렇지 않아요. 자꾸 그러시면 정말 제가 이상한 사람이 되잖아요. 진 사장님이 더 잘 아시면서 왜 그러세요."

당황한 기색을 들키지 않으려 나는 정색을 하고 일부러 딱딱하게 말했다.

진 사장은 사무실을 처음 열었을 때부터 많이 도와준 사람이다. 놀기 좋아하고 교민들 이쪽저쪽 이야기를 옮겨 분란거리를 제공하기는 하지만 아직 내게 큰 피해를 준 적은 없다. 오늘도 카이가 초대하지도 않았는데 부득부득 같이 오겠다고 우겨 어쩔 수 없이 오게 되었다.

"소문대로네. 군인들이 경비 서주는 걸 보니."

진 사장은 호기심 가득 찬 눈빛을 보이며 말했다.

카이가 모곡 지방의 루비 광산에 투자를 꽤 했다는 소문도 있다. 루비 광산에 관한 채굴권은 정부가 가지고 있지만 이곳의 사회 정황상 권력 핵심부와 선만 닿아 있다면 충분히 그럴 수 있는 일이었다.

잠시 뒤 돌아온 군인의 안내로 들어선 카이의 집은 커다란 티크 장식장과 벽에 걸려 있는 큰 그림 등 최소한의 장식만 되어 있었다. 그러나 까마득히 높게 천장에 달린 샹들리에와 마호가니 빅토리아식 계단 난간이 카이 혼자 사는 이 집의 풍요로움을 말해주고 있었다.

카이는 커다란 거실 중앙 새까만 물소 가죽으로 만든 소파에 몸을 깊숙이 묻어 긴 다리를 꼬고 우리를 바라보고 있었다.

눅눅하고 숨 막히는 바깥 더위와는 상관없이 이곳 에어컨은 열심히 소리를 내며 돌아가고 있었다.

"이 집은 전기가 나가도 괜찮은 특별 장치가 있는 모양입니다."

진 사장이 넉살 좋게 웃으며 카이에게 말을 건넨다.

카이는 진 사장 말에 아무 말 없이 미소만 지었다.

'당신을 원하다니 난 참 바보 같다'는 재즈가 흘러나오고 있었다. 거실 가득 재즈가 차 있었다.

"샹그릴라의 어원 혹시 아세요?"

불쑥 카이가 물었다.

"그거 그냥 호텔 이름 아닙니까?"

자기에게 물은 것도 아닌데 진 사장은 카이의 질문이 끝나자마자 간단히 정리해 말한다.

카이가 진 사장에게는 눈길도 주지 않고 내게 대답을 재촉하는 눈길을 보낸다.

'글쎄.' 나는 고개를 갸웃거렸다. 카이가 근무하는 곳이 샹그릴라 호텔이라는 것만 생각했지 그 단어의 뜻이 무엇인지에는 별 관심이 없었다.

"영국 소설가 제임스 힐튼이 쓴 소설에 나오는 곳이에요."

카이는 진 사장 말은 들은 체도 하지 않고 다리를 바꿔 앉으며 말했다. 그리고는 부엌 쪽을 향해 무슨 말인가를 했다.

부엌에서 단정하게 몸에 딱 붙는 논지와 윗도리를 입은 여자가 꽃무늬 화려한 티포트에 뜨거운 홍차를 내왔다.

"어이, 더워 죽겠는데 뜨거운 차는 무슨."

진 사장은 뭐가 그리 못 마땅한지 한국말로 중얼거렸다.

"지상에 존재하는, 가장 평화롭고 영원한 행복을 누릴 수 있는 유토피아라는군요. 어때요, 근사하지 않아요?"

"얼어 죽을……. 그런 데 있으면 내가 벌써 찾아 떠났겠다."

진 사장은 잔뜩 심통이 나 다시 중얼거렸다.

지상에 있는 이상향이라……. 군대에 가기 전 이나와 나는 그런 곳을 찾았다. 하지만 그런 곳은 어디에도 없었다. 아무것도 가진 게 없으면 그런 행복을 가질 수 없다는 걸 이나는 잘 알고 있었다. 제대를 하고 집에 오던 날 이나는 이상향을 찾아 내 곁을 떠나버렸다.

나는 눈을 지그시 감고 지금 내가 간절히 찾고 있는 그곳을 그려보았다.

재즈는 계속 흘러나오고 어색한 침묵이 카이의 커다란 거실을 메우고 있었다.

허스키한 여자 재즈 가수의 목소리와 화려한 샹들리에와 물소 가죽 소파에 깊이 파묻혀 있는 샹그릴라의 카이 모습은 묘하게도 서로 어우러지고 있었다.

"거만하게 굴기는."

진 사장은 카이의 집 밖으로 나오며 투덜거렸다.

"집에서 보니 더 거만하기 짝이 없네. 에이, 여자는 그냥 대충 알 때가 더 좋다니까."

진 사장은 나 들으라는 듯 더 큰 소리로 말했다.

시원한 집 안과 달리 바깥은 여전히 뜨거운 열기에 휩싸여 있었다. 이곳저곳에서 긴 머리를 뒤로 묶고 논지를 입은 고등학생 또래 여자아이들이 양동이에 물을 가득 담아가지고 나와 서로 물 뿌리는 모습이 눈에 띄었다. 윗도리가 물에 흠뻑 젖어 몸에 달라붙어도 아무도 상관하지 않았다.

어떤 남자는 집 안에 있는 고무호스를 길게 밖으로 빼내어 소방 호스 물 뿌리듯이 뿌리는 사람도 있었고 커다란 형광색 물총을 어깨에 메고 쏘아대는 사람도 있었다.

모두들 흠씬 물에 젖은 채 비 맞은 쥐처럼 하얀 이를 드러내며 웃는 사람들 천지였다. 그러고 보니 요즘이 띤잔 축제기간이다.

미얀마에서 띤잔은 가장 큰 축제다. 일주일 내내 생업을 철폐하고 즐기는 사람도 부지기수였다. 공공기관이나 외국인 회사 직원들만 제외하고 일주일 동안 도시든 지방이든 모든 사람들이 서로 물을 쏟아부으며 광분하다시피 하는 것이 처음에는 이해가 가지 않았다.

집을 나서자 진 사장의 운전기사 조로가 차 안에서 튀어나와 차 옆에 부동자세로 서 있다. 짙은 색 안경을 끼고 감색 양복을 입은 운전기사 조로는 시동을 끈 차 안이 더웠을 텐데 꼼짝 않고 진 사장이 나오기만을 기다린 모양이었다.

다른 나라에서는 이미 찾아볼 수 없는 차도 이곳에서는 버젓이 굴러다닌다. 폐차 직전의 차를 수입해 얼마나 손을 잘 보는지 겉으로 보기엔 굴러갈 것 같지도 않은 차가 별 탈 없이 도로 위를 달리고 있다.

차를 타려는데 우리 쪽으로 달려오는 남자가 보였다. 손에 큰 물총을 들고 있었다. 길가에는 커다란 물총과 물동이를 든 사람들이 드문드문 있었다.

진 사장은 잽싸게 차 안으로 몸을 밀어 넣었다. 아까 카이 집에서 소파에 깊숙이 앉지도 못하고 엉거주춤 앉아 있던 모습과는 영 판판이었다.

잠시 당황해 바로 진 사장을 따라 들어가지 못하고 엉거주춤 서 있던 내 얼굴에 그 남자가 세게 물총을 쏘았다.

"부처님의 자비가 있기를."

그 남자는 환하게 웃으며 내게 복을 빌어주었다.

나는 얼른 손수건을 꺼내 얼굴과 목으로 흘러내리는 물을 닦았다. 그래도 윗도리가 이곳저곳 젖고 말았다.

나는 그 남자에게 손을 흔들며 말했다. 덕분에 앞으로 여행사 사업은 잘 될 거야. 부처님 가호 덕분으로.

"그러니까 잽싸게 차를 타야지."

진 사장은 물세례 받은 나를 보며 한심하다는 듯 말했다.

"오늘 기분이 영 그런데 술 한잔 하러 갑시다. 내가 물 좋은 데 하나 소개하지. 당신은 말이야, 아무래도 여자문제만큼은 영 서투르단 말이야."

카이에게 같이 가겠다고 부득부득 따라나선 거였지만 언짢아하는 기색을 보니 괜히 미안해 거절할 수가 없었다. 마음 같아선 집에 가 침대에 눕고 싶지만 이곳에 자리 잡기까지 도움을 많이 준 진 사장 호의를 거절하는 것이 쉽지 않았다.

나름대로 잘 차려입은 기사는 낡았지만 폼 나게 치장한 진 사장의 차를 몰고 시내를 질주했다. 최근 들어 부쩍 차가 많아졌다고는 하지만 그래도 양곤 거리는 아직 한가한 편이다. 이제는 제법 덜덜거리는 삼륜 택시 아닌 일반 택시도 많아졌고 거리에 드문드문 고급 승용차도 눈에 띈다. 요즘엔 고급 커피숍에 가면 웬만한 차 한 대 값인 휴대폰을 들고 통화하는 젊은 사람들 모습도 흔하게 볼 수 있다.

"뭘 그렇게 골똘히 생각해요?"

진 사장은 아무 말 없이 턱을 괴고 있는 나를 보고 말했다.

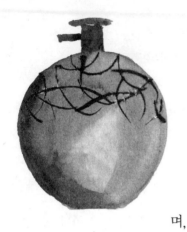

여기도 내가 처음 올 때보다 참 많이 바뀌었다고 하자 진 사장은 손사래를 치며 말했다.

"바뀌긴 무슨, 여기 사람들 사고방식은 하나도 안 바뀌었는데, 뭘. 나 참, 그나저나 이번 띤잔 때는 고향에 내려간 녀석들 중 몇 명이나 원위치로 돌아올지 도통 알 수가 없네."

그러면서 진 사장은 턱으로 조로를 가리키며, 저 친구만 제외야 했다.

"내가 처음에 애먹었던 게 그거였다구. 그런대로 잘 나오다가 어느 날 말 한마디 없이 그냥 사라지는 거야. 미리 말하면 대신 일할 사람 구하기나 할 텐데 도무지 여기 애들은 그걸 몰라. 남아 있는 월급도 상관 안 하고 내키는 대로 가버려."

그러고 보니 나도 집에서 일하는 사람이 벌써 몇 번째 바뀌었는지 모른다.

"요즘 카이하고는 어때?"

은근한 목소리로 진 사장이 물었다. 그녀 집에서 금방 나왔으면서 다시 묻는 의도가 무엇인지 일순 의아했다.

카이가 근무하는 샹그릴라 호텔 나이트클럽은 워낙 비싸서 상류층만 오는 곳이었다. 알고 보니 진 사장도 카이를 그렇게 잘 아는 편은 아니었다. 괜히 미얀마 신출내기에게 우쭐대고 싶은 마음에 몇 번 인사한 기억밖에 없는 카이를 잘 아는 척 내게 소개시켜준 것이었다.

"내가 보기에 당신이 카이한테 너무 빠져 있는 것 같아. 물론 명의 문제 같은 시시한 일에 피해를 주지는 않을 거야. 그건 내가 장담해. 다른 사람들에게도 철저히 그래 왔으니까. 하지만 이번에 카이가 당신을 바라보는 눈이 다른 사람들을 보던 눈과 달라 영 불안하단 말이야. 고것이 생긴 건 지적으로 생겼어도 이 바닥에선 프로거든."

아직도 카이를 처음 본 날을 잊을 수가 없다. 그녀는 몇 분 동안 내게서 눈을 떼지 않았다.

가무잡잡하지만 맑고 투명한 카이의 탄력 있고 투명한 피부와 커다란 푸른 눈을 본 순간 나는 숨을 제대로 쉴 수가 없었다. 그날 이후 나는 그물에 걸린 고기처럼 카이에게서 빠져나올 수가 없었다. 그러나 다른 한편으로 이나처럼 내 곁을 떠날 것 같아 두려웠다.

"정말 조심하라고. 카이라는 여자는 진심으로 대하면 안 돼. 자넨 아직 멀었어. 여자를 어떻게 생각하고 어떻게 다루어야 하는지를 아직 잘 몰라."

진 사장은 침을 튀기며 흥분했다. 카이 집에서 받은 대접 때문에 못내 화가 난 모양이었다.

운전기사 조로는 뜨거운 태양 아래 놓인 도로 한가운데를 질주해나갔다. 거리의 사람들이 물을 그렇게 뿌려댔는데도 도로 포장이 안 된 곳은 금방 물이 마르는지 차가 지나갈 때 누런 흙먼지가 일었다.

거리는 온통 물 축제로 북적였다.

더운 낮에는 사람들 발길이 뜸한데 핀잔 기간에는 아무리 뜨거운 날이라도 모두 밖에 나와 살았다. 각자 커다란 물동이와 물총 등을 들고 지나가는 차들과 이 사람 저 사람에게 물을 뿌려대며 즐거워하느라 정신이 없다. 이 순간 이들에게 샹그릴라는 띤잔이었다.

"저 사람들은 찜찜하지도 않은가 봐."

차 유리창에 철썩하고 물 부딪치는 소리가 들렸다.

"더울 때 시원하긴 하잖아요."

"우리 집사람하고 애들이 작년에 아주 고생했어. 띤잔 때 신나게 물을 맞고 오더니 온몸에 좁쌀 같은 게 나가지고 한 일주일 고생했지, 아마?"

상수도 시설이 부족해 물이 귀한데 어디서 저 많은 물들을 가지고 오나 궁금했다.

"저 물이 다 인냐레이크 호수 물이거든. 그 물이 좀 더러워? 그래도 여기 사람들은 저 물을 일주일 내내 뒤집어써도 피부병 나는 사람이 없어요. 멋모르고 물 맞은 외국인들만 피부병 생기지. 여기 사람들에게는 면역력이 있는 모양이야. 그렇지 않고서야 그 더러운 호수 물이 몸에 닿는데도 그렇게 끄떡없을 수가 있겠어?"

나무가 우거지고 커다란 쇠창살이 위압감을 느끼게 하는 대문이 나왔다. 문 앞에서 조로가 클랙슨을 울리자 커다란 철문이 기이잉 소리를 내며 활짝 열렸다.

딴쉐가 힘겹게 철문을 밀고 있었다. 딴쉐는 문 열고 닫는 일만 하는 아이였다. 가느다란 팔다리에 힘줄이 굵게 솟아나 있었다. 딴쉐는 다 열고 난 뒤 문 맨 끝을 잡고 서서 씨익 웃었다.

나는 창문을 열고 손을 흔들었다. 몇 번 진 사장 집에 왔더니 이젠 제법 나를 아는 척까지 한다.

가정부 셋과 딴쉐 그리고 매니저만이 집을 지키고 있었다. 진 사장 아내는 양곤 고위 공직자 부인휜지 뭔지 하는 봉사 단체에 가고 없다고 했다.

진 사장은 무슨 급한 약속이라도 있는 것처럼 빨리 집을 빠져나와 차에 몸을 실었다.

"조로, 서머 팰래스로 가자."

조로가 차를 앞으로 빼내자 딴쉐 역시 어느새 커다란 철문을 양쪽으로 다시 활짝 열어놓았다.

도로로 나오자 여전히 물놀이를 하고 있었다. 질리지도 않는지 사람들은 하루 온종일 저렇게 물장난을 한다. 진 사장의 차도 도리 없이 세차하듯 물세례를 받았다.

서머 팰래스 앞까지 가는데 도로를 가득 메운 사람들 때문에 근 한 시간이나 걸렸다. 그래도 양곤에 온 이후 띤잔 물 축제를 이렇게까지 자세히 보기는 처음이어서 신기했다.

거리의 확성기에서는 아까부터 내내 어떤 남자 가수의 신나는 노래가 흘러나오고 있었다.

차에서 내려 서머 팰래스 1층에 있는 쿨 바를 향해 진 사장은 거침없이 들어갔다.

"어때 좋지?"

진 사장이 뒤를 돌아보며 의기양양해한다.

언젠가 진 사장 따라 한번 온 적이 있지만 모른 척 묵묵히 뒤를 따랐다.

서머 팰래스 쿨 바는 검정색 플로어에 하얀 벽으로 이루어져서인지 미얀마에서는 보기 드물게 젊고 모던한 장소였다. 그래서 이 나라 신 귀족층들이 많이 드나드는 곳이라고 진 사장이 말해주었던 기억이 난 다. 촌스럽게 번쩍거리는 조명도 없고 제법 고급스럽고 세련된 분위기 였다.

매니저가 진 사장을 발견하고는 쏜살같이 튀어나와 허리를 굽힌다. 다른 곳도 마찬가지지만 진 사장은 입가에 위엄 있는 미소를 띠며 고개 를 까딱한 다음 매니저가 빼준 의자에 앉았다.

바 안에는 아까 카이의 집에서 들었던 '당신을 원하니 난 참 바보임 에 틀림없어.' 하는 재즈가 흘러나오고 있었다. 나는 천천히 주위를 둘 러보았다.

갑자기 뜨거운 바깥의 더위와 서머 팰래스의 시원한 냉기가 재즈와 함께 뒤섞여 나른해지기 시작했다. 느슨하게 온몸의 기운이 풀렸다.

언제 왔는지 저 멀리 서머 팰래스의 한 귀퉁이에 사각거리는 초록색 실크 논지를 입은 카이가 아까 집에서처럼 의자에 몸을 깊숙이 묻은 채 나를 뚫어져라 바라보고 있었다.

넥타이를 맨 웨이터가 메모지 한 장을 들고 우리 테이블 앞으로 걸어 왔다.

메모지를 폈다.

―저녁 때 우리 집으로 올래요?

"뭐라고 씌어 있어?"

앞에 앉아 있던 진 사장이 고개를 쑥 빼며 물었다. 아무것도 아니라며 나는 황급히 메모지를 든 손을 테이블 밑으로 내렸다.

카이 옆에는 어느새 한 남자가 다가와 키스하며 다정하게 위스키를 마시고 있었다. 카이가 내 쪽을 향해 잔을 들어 눈인사했다.

나는 카이를 향해 어색하게 웃으며 손에 쥔 메모지를 살그머니 구겼다.

샹그릴라의 꿈을 찾아온 미얀마의 하루가 이렇게 또 지나가고 있었다.

아드난에게

라마단 기간에 어딘가를 여행한다는 것은 쉽지 않은 일이다. 그런 줄 알면서도 오늘만큼은 안탈리아로 떠나야 했다. 그러나 막상 간다고 생각하니 무엇부터 챙겨야 할지 막막하다. 고민 끝에 읽을 책 몇 권과 로션, 아드난이 사준 산호색 립글로스 그리고 티셔츠와 발목까지 오는 긴 치마와 바지 한 벌을 가방에 집어넣는다.

이스탄불에 온 지 2년 만의 일이다. 그러고 보니 그동안 이스탄불 외곽 근처도 제대로 가보지 않았다.

집과 학교 도서관 외에는 거의 두문불출했다. 기껏 바람 쐬러 간다고 가는 곳이 보스포러스 해협 근처의 부두였다. 그곳에 가서 배 타고 멀리 나간 적도 없고 다리 위에서 낚시를 한 적도 없다. 걷다가 사원에 들어가거나 부둣가 노점상에서 고등어 샌드위치를 사 먹는 것이 고작이었다.

그녀는 팔짱을 끼고 침대 머리맡을 한참 동안 서성거렸다. 안 가면 안 되냐고 아이처럼 몇 번이나 묻던 아드난 얼굴이 떠올랐다. 어제부터 그녀도 가야 할지 말아야 할지 망설였다. 하지만 사춘기 시절 집을 나온 뒤에도 그녀에게 계속 도움을 주었던 양어머니의 부탁을 거절하기는 쉽지 않았다.

옷을 다시 옷장에 넣으려다 도로 가방에 집어넣었다. 짐을 챙길 때 제일 먼저 넣었던 콘택트렌즈와 식염수 통이 비죽이 보인다.

아드난은 아직도 그녀가 왼쪽 눈에 렌즈를 끼고 있다는 사실을 알지 못한다.

방문을 열었다. 바로 눈앞에 두 칸짜리 작은 싱크대 앞에서 엉덩이를 위로 한 채 기도하고 있는 아드난의 모습이 보인다. 거실이랄 것도 없이 협소한 공간은 몇 발자국 떼지 않아 바로 현관문이다.

엎드려 기도하는 아드난의 등 뒤를 지나 현관문 앞에 섰다.

인기척을 느낀 듯 아드난이 코란을 오른손에 든 채 뒤를 돌아보았다.

"어디로 갈 건데?"

아드난이 행선지를 묻는다.

"몰라. 어디든 도착하면 연락할게."

가야 할 행선지는 정확하게 있는데 마음을 정하지 못해 선뜻 말할 수 없다. 어린 시절 따돌림보다 더 공포스럽고 무서웠던 독일인 양부를 다시는 어느 곳에서도 마주치고 싶지 않았다.

아드난이 일어서 그녀 뒤를 따라나선다.

오후 내내 비가 주룩주룩 내리고 있다. 비 때문인지 저 멀리 모스크

사원 스피커에서 코란 소리가 더 가깝게 들려왔다. 저 소리는 신기하리만치 한결같은 억양을 유지한다. 그녀는 아직도 저 소리가 낯설다.

아드난은 이번 라마단 기간에도 뮌헨에서 그랬듯 금식과 기도, 그리고 매일 20쪽씩 코란 읽기를 게을리하지 않을 것이다.

"비가 너무 많이 와. 정 그러면 내가 오토가르까지 바래다줄게."

점점 세차게 내리는 비를 보더니 아드난이 현관문을 열고 우산을 꺼내 온다.

아드난은 터키 사람답지 않게 창백할 정도의 흰 피부, 녹색 눈, 검은 웨이브 머리, 짙고 숱 많은 눈썹 때문에 유명 가수 타르칸을 연상케 했다. 타르칸은 독일에서 꽤 유명했던 터키 출신 가수다.

술탄 아흐멧 광장까지 한참을 걸어 나와 도심지를 통과하는 트램바이를 기다린다. 어중간한 시간이어서 그런지 기다리는 사람들이 그다지 많지 않다.

"이제 그만 가."

그녀는 염려스러운 눈으로 바라보는 아드난에게 웃으며 말했다.

"어디에, 무슨 이유로, 왜, 가려는 거지? 그것도 갑자기."

아드난은 우산을 높이 들어 올리며 또다시 행선지를 물었다.

"신문기자라도 되려는 거야?"

그녀가 되지도 않는 조크를 해본다. 아드난은 그녀의 썰렁한 농담에 웃는다.

"아나톨리아 지역으로 갈까 봐."

며칠 전 시한부 선고를 받아 남쪽 안탈리아 해변가 휴양지에서 남은 삶을 정리하고 있다는 독일인 양아버지에게서 마지막으로 사과하고 싶다는 연락이 왔다.

그곳으로 가야 하는데 그녀는 문득 수업시간에 스치듯 들은 중부 아나톨리아 지역의 카파도키아가 떠올랐다. 300만 년 전 화산 폭발과 대지진으로 잿빛 응회암이 뒤덮은 기이한 암석산이라는.

"나도 아직 그곳 못 가봤는데……."

아쉬움이 잔뜩 묻어나는 목소리로 아드난이 말했다.

독일에서 태어나 2년 전에 처음으로 이스탄불에 왔으니 그럴 만도 하다. 아드난은 독일인 아버지와 아주 어렸을 적에 헤어지고 난 뒤, 일하느라 바쁜 터키인 어머니에게서 터키에 관한 정보를 들을 기회가 별로 없었다. 바빠서였다기보다는 독일인으로 영입되기 위해 안간힘을 쓰느라 신경을 쓰지 않았다는 편이 더 솔직한 거라고 했다. 그래서 아드난은 아직도 독일어보다 터키어가 서툴다.

몇 년마다 바뀌는 독일인 아버지들과의 충돌을 피하기 위해서라도 아드난은 조용하게 열심히 공부해야 했다. 그래야만 그들은 아드난을 아들로 여겼다고 했다.

그녀는 고아원을 전전하다 뒤늦게 한국에서 일곱 살 때 입양되어 왔다. 마녀라고 재수 없다며 거부하던 그녀의 양아버지보다 아드난의 새 아버지들은 꽤 괜찮은 사람들이었다.

"같이 갈래?"

그녀는 가고 싶어 하는 아드난의 표정을 살피며 조심스럽게 묻는다.

아드난은 잠시 망설였다. 그도 그동안 어딘가로 떠나고 싶었는지도 모른다.

망설이던 아드난은 마음의 결정을 하자 그녀보다 더 앞장선다.

"라마단 기간인데 어떻게 하지?"

그녀가 미안해하며 물었다.

"괜찮아. 어디서든 금식과 기도는 할 수 있으니까."

절실한 신도가 된 지 얼마 되지 않지만 아드난의 신앙심은 여기 사람들 못지않다. 오히려 보통의 터키 사람들보다 더 철저하게 율법을 지키려 애썼다.

사람들에게 길을 물어가며 트램을 타고 육교를 건너 내려와 담장이 군데군데 뜯겨져 나간 좁은 골목길을 한참 동안 올라갔다.

"우슈파샤 역이 끝이 아닌 건 알고 있지?"

마치 자기가 그 길을 다 알고 있는 듯 뻐기면서 아드난이 어깨를 으쓱하며 그녀의 눈을 바라보았다. 그녀는 습관처럼 얼른 아드난의 눈을 피했다.

고속버스들이 집합해 있는 오토가르까지 가려면 아직도 먼 모양이다. 그녀는 아드난의 어깨에 떨어지는 빗방울을 바라보며 어깨에 멘 가방을 다시 한 번 추슬렀다.

아크사라이 역에서 메트로로 갈아타고 오토가르에 도착하기까지 시간이 꽤 경과되었다. 어수선하고 복잡한 이곳에 도착하자마자 추적추적 내리던 비가 갑자기 쏟아지기 시작했다.

결국 그녀는 매표소에서 안탈리아행 버스 티켓을 사지 않았다.

독일 같으면 두세 시간 걸릴 거리도 아우토반이 아닌 터키에서는 예닐곱 시간씩 가야 한다. 아나톨리아 지역에서 가장 가고 싶은 곳이 어디냐고 매표소 직원에게 물어서 그곳 티켓을 두 장 달라고 했다.

"두 분이 게임하시나요?"

매표소 직원은 껌을 질겅질겅 씹다 말고 재미있다는 듯 그녀와 아드난을 바라보며 물었다. 아드난이 한쪽 눈을 꿈쩍이며 크게 웃었다.

뒤에 손님이 없는 터라 허물없이 이런저런 농담을 하는 매표소 직원에게 그녀는 하마터면 안탈리아는 얼마나 걸리는지 물어볼 뻔하였다.

고속버스에는 제복을 입은 수염 기른 남자 차장이 있었다. 바쁘게 버스를 오르내리더니 아까 매표소에서 준 티켓을 바로 수거해 갔다. 심각한 표정으로 남자 차장은 버스가 출발하자마자 진한 라임 향이 나는 물수건을 하나씩 나누어주었다. 버스 안이 온통 신선한 라임 향기로 가득 찼다. 터키는 곳곳에 라임나무가 많았다.

"지나가다 마음에 드는 곳이 있으면 그곳에서 내릴까?"

아드난은 같이 여행하는 것이 좋은지 한껏 들떠 있었다.

그녀는 아직도 안탈리아로 가야 할지 말아야 할지 망설이고 있었다. 마치 자신을 입양 보낸 한국에 갈지 말지를 망설이던 때처럼.

일곱 시간쯤 지났을까 매표소 직원이 정해준 지역이라며 남자 차장이 그들을 깨우러 왔다.

엉겁결에 내리고 보니 황량하기 그지없었다. 둘은 서로 얼굴을 바라보고 한참 웃었다. 아무래도 매표소 직원에게 당한 모양이었다. 잠이라도 자려면 어디든 사람들이 사는 곳에 가야 했다.

흙먼지 날리는 길을 한참 걷다 보니 이곳저곳 아무 데서나 내리는 돌

무쉬가 보였다 지방에 내려오니 이스탄불과 달리 돌무쉬가 사람들의
발 노릇을 하고 있다.

버스 반만 한 승합차인 돌무쉬는 역이 따로 정해져 있지 않고 손님들
이 원하는 곳에 내려주고 손님을 태우기도 한다. 익숙하지 못한 그녀와
아드난은 행동을 재빠르게 해야 했다. 어물어물하다 몇 번이나 차를 놓
쳤는지 모른다. 그 뒤로는 한참 동안 차가 오지 않아 초조해졌다. 그런
데 그때 저 멀리에서 돌무쉬 하나가 달려오더니 섰다.

남자 차장이 페인트칠이 떨어져 나간 돌무쉬 문짝에 매달려 손님 하
나를 내려주고는 그녀와 아드난 쪽을 보며 괴뢰메로 간다고 소리쳤다.
둘은 허둥지둥 달려가 간신히 돌무쉬에 올라탔다.

털털거리는 돌무쉬 속에서 그녀는 아드난과 어디로 갈까 상의하다가
카파도키아로 들어가기로 했다. 이곳에 올 생각이 있었던 것도 아니었
기 때문에 숙소 예약도 못했는데 어떻게 하나 걱정이 되었다.

그러나 정류장에 도착하자마자 자기 숙소로 데려가려는 사람들이 버
스에서 내린 사람들 주위를 빙 둘러쌌다. 다행이었다. 그 중에서 열두
서너 살쯤 되어 보이는 소년을 따라가기로 했다.

동네 한가운데 바짝 말라버린 하천이 길게 뻗어 있었다. 그 주변에
난 풀을 뜯어 먹느라 염소 몇 마리가 하천에 내려와 있었고 그중 한 마
리는 제멋대로 자란 별로 굵지 않은 나무 밑둥에 길게 줄 매여 묶여 있
었다.

'매에에.' 하고 우는 소리가 길가 잡화상에 걸린 울긋불긋한 비닐 과
자 봉지와 어울려 묘한 향수를 불러일으켰다. 대여섯 살 때까지 살던

한국의 집 주변 풍경이 그랬던 것 같은 생각이 아련히 들었다. 입양된 뒤 까맣게 잊고 있던 기억들이었다.

눈앞에 하얀 암석산이 펼쳐졌다.

300만 년 전 화산 폭발과 대규모 지진으로 인해 생긴 기이한 암석산은 개미집을 확대해놓은 것처럼 동굴들이 서로 연결되어 있었다. 마치 이름 모를 혹성 지형물 같아 보였다.

문득 또다시 안탈리아는 이곳에서 얼마나 먼 곳인지 궁금해졌다. 양어머니는 그녀가 자기의 부탁을 꼭 들어주리라 믿고 있을 것이다.

버스 정류장에서 한참을 걸어 도착한 동굴 호텔은 3층과 2층으로 구성되어 있었다. 야트막한 석회암석산 속을 군데군데 파내 제법 큰 방들을 만든 모양이 신비스럽게까지 느껴졌다. 그 속에 침대도 들어가고 의자와 차 마실 테이블까지 다 들어가 있었다. 여름에는 따로 에어컨을 켜지 않아도 시원하고 겨울에는 일정하게 따뜻한 온도를 유지하니 난방비 들 일이 없을 것 같았다.

"우리가 왜 이곳에 와 있는 거지?"

그녀가 조용한 어조로 아드난에게 물었다.

"네가 좋아하는 곳이면 이유가 없어도 괜찮아."

아드난은 신비스럽게 생긴 호텔이 마음에 드는지 싱글거리며 말했다.

양옆으로 손으로 깎아 만든 긴 계단과 1층과 2층을 타고 오르는 덩굴나무가 서로 조화를 이루었다. 하얀 석회석 계단과 손으로 파내어 만든 각 방들의 창문 사이로 새어 나오는 불빛들이 촘촘히 별 박힌 카파도키아 밤하늘을 무색케 하고 있었다.

116

건너편 암석산에는 뾰족한 아이스크림을 짜놓은 듯한 유령의 집 모양으로 된 동굴 집들 속에서 연기가 모락모락 피어 나왔다. 저녁식사 준비를 하는 모양이었다. 벌집 모양의 네모난 작은 창문들이 크고 작은 하얀 암석산마다 가득 박혀 있다.

안탈리아는 이곳에서 얼마나 멀까? 그녀는 다시 걱정을 한다.

둘은 소년이 방을 정리하는 동안 로비를 서성거렸다.

동굴 호텔 로비 의자에 귀가 길고 몸통이 온통 흰 고양이 한 마리가 게으르게 앉아 있었다.

그녀는 천천히 다가가 고양이 등을 쓰다듬었다. 고양이가 기분 좋은 듯 갸르릉 소리를 내며 그녀를 바라보았다.

"오드 아이 반 고양이예요."

어느새 청소를 마친 소년이 앉아 있던 고양이를 번쩍 들어 올리며 자랑스럽게 말했다.

"우리는 이런 눈을 신성하게 여긴답니다."

고양이는 한쪽 눈은 푸른색, 한쪽은 짙은 호박색이었다.

그녀는 쿵 하고 가슴이 내려앉았다.

순간 자신도 모르게 아드난 표정부터 살폈다. 양부의 불쾌해하는 표정이 오버랩되어 두려웠다.

"당신도 오드 아이예요?"

깜짝 놀라며 소년이 그녀의 얼굴을 쳐다보았다.

그녀는 너무 놀라 그 자리에 돌처럼 굳어버렸다. 어디에서 렌즈가 빠졌는지 알 수 없었다.

-양 눈 색깔이 다른 현상. 홍채세포 DNA 이상으로 멜라닌 색소의 농도 차이 때문에 발생한다. 과다 색소 침착과 과소 색소 침착으로 인해 한쪽은 푸른색, 한쪽은 갈색의 눈동자가 되는 증상을 홍채 이색증이라고 한다-.

그녀는 어릴 적 어딘가에서 찾은 이 내용들을 하나도 빠뜨리지 않고 기억하고 있다.

"신비스러운 눈이네요. 정말 신기해요. 그런 사람이 있다는 얘기는 들었어도 직접 보기는 처음이에요."

소년은 연신 감탄을 하며 그녀의 눈을 또 보려 애를 썼다.

"우리 엄마는 그런 눈 가진 아이가 태어나기를 기도까지 했다니까요. 내 고향인 반 지역에서는 행운과 신비스러움의 상징이거든요."

방 안으로 들어와 아드난은 등을 돌리고 멍하게 서 있는 그녀를 자기 앞으로 돌려세웠다.

그녀 얼굴은 이미 눈물범벅이 되어 있었다.

"난 네가 좋아."

그녀는 고개를 내저었다. 입양됐을 때부터 양아버지가 마녀라고 소리치던 장면이 눈에 선했다.

"이렇게 신비스럽고 아름다운 눈을 가지고 있으면서 왜……."

아드난은 그동안 아무 말도 하지 않은 그녀를 나무랐다.

"처음부터 알았다면 난 너를 더 좋아했을지도 몰라."

아드난은 그녀 목에 두 팔을 감았다.

그녀는 짝짝이 색깔 눈을 보이기 싫어 눈을 감아버렸다. 참으려 했지

118

만 다시 눈물이 흘렀다.

"네 눈은 아름다워."

아드난은 졸린 고양이 눈처럼 눈을 가늘게 뜨며 그렇게 말했다.

그녀는 고개를 저었다.

"진심이야. 넌 정말 예쁘다구."

그녀는 더 세차게 고개를 저었다.

아드난은 그녀의 눈가에 천천히 입 맞추었다.

"백설공주처럼 눈 떠볼래?"

어린아이 달래듯 아드난이 말했다.

"그렇게 힘들었으면서 내 상처만 도닥거렸니?"

꼭 감은 그녀 눈에서 뜨거운 눈물이 계속 흘러내렸다.

아드난의 눈에서도 눈물이 흘렀다.

그녀는 마음속으로 외쳤다.

'아드난, 사랑해.'

엘모르 요새의 그림자

올드 산후안의 엘모르 요새는 망망대해를 바라보며 광활하게 펼쳐져 있었다. 군데군데 돌 성벽 사이에 낀 검푸른 이끼들이 세월을 말해주 었다.

줄지어 요새를 향해 뙤약볕을 마다 않고 걸어 들어가는 사람들의 행 렬을 바라보며 킴은 눈을 질끈 감아버렸다. 사진 속 멀리 있는 사람들 보는 것처럼 느껴져 멀미가 났다.

어젯밤 잠을 제대로 자지 못해 몸이 영 찌뿌드드하다.

분명 주훈일 것이라는 생각이 들던 검은 그림자 형상이 밤새 킴의 손 을 잡고 있었다.

−올라와서 자.

꿈인지 현실인지 분간할 수 없지만 킴은 침대 머리맡에 무릎 꿇고 앉아 자기 손을 꼭 붙들고 있던 검은 그림자에게 몇 번이나 그렇게 말했다.

20여 분 가까이 기다리던 요새 입구까지 들어가는 꼬마 기차가 앞에 섰다.

"여행 오셨나 봐요. 안 타실 건가요?"

셔츠를 잘 차려입은 곱슬머리 남자가 멍하니 서서 중얼거리는 킴을 보고 고개를 갸웃하다 오른팔을 들어 기차 안을 가리키며 웃는다. 처음 보는데 이상하게도 익숙한 사람처럼 느껴진다.

뙤약볕을 헤치고 갈 마음이 선뜻 생기지 않아 잠시 망설이던 킴은 마음을 바꾸어 한 칸짜리 꼬마 기차에 올라탔다.

끈끈한 카리브해 바닷바람이 온통 킴의 긴 머리카락과 커다란 가방에 들러붙었다. 스페인 식민지 시대에 유럽을 잇는 전략적 요충지였던 역사적 사실을 증명이라도 해주듯 요새는 바다를 빙 둘러가며 길게 남아 있었다.

미국에 본사가 있는 유명 의류 브랜드 구매 담당 부서에서 일하는 킴은 출장이 잦았지만 푸에르토리코 출장은 그다지 많지 않았다.

그동안 킴이 다녔던 다른 나라들에 대해 별말이 없었던 주훈은 푸에르토리코에 대해서만은 예외였다.

−아메리카 대륙하고 유럽을 잇는 카리브해에 있어 서유럽의 공격을 많이 받았던 나라지, 아마.

주훈은 마치 푸에르토리코의 모든 역사를 다 알고 있는 것처럼 말했다.

−레게 뮤직 좀 안다고 카리브 연안 나라에 대해 아는 척하기는.

킴이 긴 머리를 위로 쓸어 올려 묶으며 딴청을 부렸다.

-내가 밥 말리 마니아인 거 몰랐어?

주훈은 골동품 전축 앞으로 걸어가 엘피판에 판 하나를 걸었다. 지직지직 소리를 내며 판이 돌아갔다.

'여인이여 울지 말아요. 울음을 그쳐요······.'

전축에서 밥 말리의 노래가 흘러나왔다.

'어여쁜 그대여 눈물을 거두어요.'

주훈은 흥얼흥얼 노래를 따라 불렀다.

-그러지 말고 내 눈물에 신경 좀 쓰면 어떨까?

킴은 토라진 척 눈을 흘겼다.

그런 킴을 보며 주훈이 하얀 이를 드러내며 환하게 웃었다. 주훈의 연한 초콜릿 색 피부가 유난히 반짝거렸다.

이제는 다시 볼 수 없는 그의 웃음이 아직도 킴의 눈앞에 선하다.

그는 휘청휘청 흑인들 걸음을 흉내 내며 피아노 앞으로 걸어갔다. 밥 말리 노래에 맞춰 주훈은 '노 우먼 노 크라이(No Woman No Cry)'를 쳤다. 건반 위에 놓여 있는 긴 손가락이 무척이나 아름다웠다.

-밥 말리가 푸에르토리코 사람이었나?

킴은 갑자기 혼돈스러워졌다.

-자메이카 사람 아니었어?

그리 중요한 일도 아니건만 심각해하는 킴을 보며 그가 크게 웃었다.

-자메이카 사람이지. 난 자유와 저항정신이 담겨 있는 그의 노래가 좋아.

밥 말리의 노래가 주훈의 스튜디오를
가득 채우고 있었다.

"저 바다 정말 아름답지 않나요?"

갑작스런 질문에 킴은 옆에 있는
남자에게 얼굴을 돌렸다. 아까 본 곱
슬머리 푸에르토리코 남자였다.

주훈의 생각에서 빠져나온 킴은 그때
서야 요새 앞에 펼쳐진 에메랄드 빛 바다가
고스란히 눈에 들어왔다.

카리브 해적은 정말 낭만적이라며 그 당시에 살았다면 당연히 영화
배우 조니 뎁이 주연했던 인물 같은 근사한 해적이 되었을지도 모른다
고 주훈이 말했다.

주훈은 곧 있을 연주회 걱정도 잊은 채 카리브해 찬양에 열을 올렸다.

연주회만 아니었다면 따라갔을 텐데 아쉽다는 표정을 지으며 주훈이
피아노 건반 한 개를 톡 눌렀다. 그것만으로도 그의 맑은 기운이 전해
져 왔다.

"그러고 보니 정말 아름답군요."

킴의 한참 만의 대답에 푸에르토리코 남자가 또다시 고개를 갸웃하
며 웃는다.

흑인 피가 조금 더 섞여 있는 듯한 남자의 피부가 주훈과 무척 닮았다.

어느 곳을 가든 킴은 온통 주훈이 생각뿐이다. 그런 그녀에게 가끔
주훈이 짜증을 낼 때도 있었지만 킴은 개의치 않았다.

"나에게는 원주민인 아라와크 인디언의 피가 흐르고 있어요."

묻지도 않았는데 남자가 말했다.

—나에게는 아프리칸의 피가 반이나 흐르고 있어.

딱 한 번 주훈이 킴에게 말했다.

"에스파냐인들이 너무 오랫동안 지배했기 때문에 이제는 그런 문제 따위에는 아무도 신경 쓰지 않지만 말이에요."

꼬마 기차는 어느새 광활한 잔디밭을 지나 커다란 나무 요새 문 앞에 다다랐다.

성벽 오른쪽에 19세기 말 성행했던 원형의 붉은색 돔 모양 지붕 교회가 보였다. 교회를 받치고 있는 아치형 기둥들이 장관이다.

교회 주위로 성모마리아와 여신들로 화려하게 조각된 하얀 대리석 묘역들이 빙 둘러가며 줄 맞추어 방사상으로 펼쳐져 있었다.

가슴이 먹먹해져왔다. 킴은 끝도 없는 카리브해를 넋 놓고 바라보다 주훈이 늘 끼고 있던 굵은 검은 테 안경을 꺼내 바다에 던져주었다. 이곳에 살고 싶다고 언젠가 말한 것이 생각나서였다.

올드 산후안 지구 클럽에서 공연했었다고 주훈이 말했다.

—그때 그곳에 반한 거야? 어린아이 같기는.

연주 여행을 많이 다녔어도 마음이 그렇게까지 가는 곳은 처음이었다며 푸에르토리코 낡은 성당 건물과 엘모르 요새, 산후안 지역의 파란색 자갈이 깔린 좁은 골목길을 다시 걷고 싶어 했다.

주훈은 한 달 전 밥 말리처럼 뇌종양으로 킴 곁을 떠났다. 킴은 주훈을 떠나보낸 것이 아직도 실감나지 않는다.

―떠나기 싫어, 킴.

―안 가도 돼.

―나 잊을 거니?

킴은 더 이상 대답할 수가 없었다.

―금방 잊어도 돼.

킴은 돌아서 한참 동안 벽만 바라보았다.

―카리브…… 엘모르도…… 가고 싶다.

―다음 달 나 출장 갈 때 같이 가.

침대 쪽으로 몸을 돌리며 킴이 말했다. 주훈은 힘없이 고개를 끄덕였다.

친절한 푸에르토리코 곱슬머리 남자는 마치 가이드라도 된 것처럼 망루에 가서도 종 모양 등대 꼭대기에 올라가서도 열심히 설명했다.

"어디에 묵고 계신가요?"

그 남자가 킴의 숙소를 물었다.

"이슬라베르데 거리에 있는 호텔에 있어요."

"꽤 멀군요. 요트가 보이는 쪽 해변에다 호텔을 잡지 그러셨어요?"

하긴 생각해보니 그랬다. 킴은 수영을 좋아하지도 않는데 그쪽 호텔 지역은 다 해수욕을 하는 바닷가 근처였다.

"회사에서 공항 가까운 쪽 숙소를 잡다 보니 그랬나 봐요."

"아래에 내려가 간단한 점심식사라도 대접할 수 있을까요?"

곱슬머리 푸에르토리코 남자가 조심스럽게 물었다.

―항구 근처 좁은 골목길 올라가다 보면 초라해도 맛있는 음식점들이

많아.

주훈의 말을 떠올리며 킴은 앞장서서 요새를 빠져나갔다. 하늘과 맞닿아 있는 거대한 바다를 뒤로한 채 킴은 잠시 그의 생각에서 벗어났다.

요새를 떠나 크리스토 예배당을 지나 잘 다듬어지지 않은 울퉁불퉁한 돌을 깔아놓은 골목길을 내려가기 시작했다. 다리가 길고 몸매가 날씬한 검은 개 한 마리가 골목길을 어슬렁거렸다.

내려오는 길목마다 한낮의 더위를 피해 사람들은 공원 나무 밑 벤치에 앉아 있거나 길거리에 쳐놓은 파라솔에 앉아 시원한 맥주를 마시고 있었다.

좁은 골목길을 사이에 두고 오래되어 낡은 집이지만 산호색 파란색 흰색 등의 페인트를 칠한 집들이 골목길을 환하게 해주었다. 집 앞마다 나란히 세워져 있는 크고 작은 색색가지 낡은 차들도 골목길 분위기를 한껏 돋우어주고 있었다.

"이곳 어딘가에 우리 매장도 있을 텐데……."

킴은 두리번거리며 낡은 건물을 수리해 유명 브랜드 매장으로 만든 거리를 내려갔다. 지나가는 골목에 코치, 비비안웨스트우드, 버버리, 구찌, 랄프로렌을 비롯한 게스나 리바이스 같은 청바지 매장 등등 각종 브랜드 매장들이 즐비하게 이어져 있었다.

"아주 작은 음식점 혹시 없나요?"

킴은 주훈이 말했던 분위기의 식당을 찾고 싶다.

"물론 있죠. 저만 따라오세요."

곱슬머리 남자는 무슨 말인지 알겠다는 듯 자신 있게 더 좁은 골목길로 걸어갔다. 간판도 없이 '마미스 테이스트'라고 벽에 낙서처럼 상호를 써놓은 작은 식당이 보였다.

식당 안에서 밥 말리의 노래가 흘러나오고 있었다.

킴은 숨이 막혔다. 갑자기 머릿속이 새하얘졌다.

테이블 두 개에 벽에 붙은 기다란 테이블 하나만 덜렁 있는 식당에는 커다란 체구의 레게머리를 한 멋쟁이 흑인 여자와 나이가 제법 들어 보이는 땅딸막한 여자가 주방에서 일을 하고 있었다.

"항구에 드나드는 선원들 상대하는 음식점이라 제법 맛있어요."

푸에르토리코 남자가 씨익 웃으며 말했다.

앞치마 두른 멋쟁이 흑인 여자가 레게 리듬에 몸을 흔들며 다가와 메뉴판을 내밀었다. 삐뚤삐뚤 손으로 쓴 메뉴판이 정겹다.

"여기 스페셜 점심 메뉴 먹는 게 좋아요. 싸고 맛있거든요."

푸에르토리코 남자가 그렇게 말하자 레게머리 흑인 여자가 아무렴 하며 고개를 끄덕인다.

어딘지 모르게 익숙한 말투다. 킴은 마음이 편안해진다.

식당 안을 들어서니 벽에 온통 밥 말리 사진이다. 큰 브로마이드 두 장이 좁은 벽을 가득 채우고 그 밑에는 손바닥만 한 사진들이 다닥다닥 붙어 있었다.

연한 초콜릿 색 피부의 밥 말리가 굵게 가닥진 레게머리를 출렁이며 뛰어다니는 사진과 검지와 중지에 굵은 마리화나를 끼고 연기를 뿜어대며 환희에 차 있는 사진을 뚫어지게 바라보았다.

"혹시 레게 뮤직 좋아하나요?"

밥 말리 브로마이드를 뚫어져라 쳐다보는 킴에게 곱슬머리 푸에르토리코 남자가 묻는다.

글쎄 좋아하는 걸까? 킴은 잠시 생각해본다. 그리고는 이내 주훈이 좋아했지 하고는 고개를 크게 끄덕인다.

"밥 말리 좋아하세요?"

남자와 레게머리 흑인 여자가 동시에 대답하며 환하게 웃는다.

"그럼요."

노래는 어느새 '노 우먼 노 크라이'로 넘어가고 있었다.

─교육도 받지 못한 흑인 혼혈이지만 시적이고 은유적인 가사에 저항정신을 담은 것이 마음에 들어.

주훈은 킴에게 밥 말리 시디를 주며 그렇게 말했다.

기름에 바짝 튀긴 치킨과 금방 구운 듯한 빵 두 덩어리, 오이 몇 쪽과 토마토 몇 쪽이 놓인 샐러드 한 접시가 나왔다. 금방 튀긴 것이라 그런지 보기보다는 제법 맛이 있었다.

뱃사람처럼 보이는 흑인 남자 두 명이 미리 예약해놓은 것을 찾아가는지 들어오자마자 포장된 음식을 달래서는 들고 나간다.

점심을 먹는 동안 식당 안에는 내내 밥 말리의 음악이 흐르고 있었다. 점심을 다 먹고 난 뒤 킴과 푸에르토리코 남자는 다시 좁은 골목길을 따라 내려가기 시작했다.

촘촘하게 짜인 파나마모자 파는 집을 지나 각종 시가를 파는 매장들이 있는 곳으로 들어섰다. 이곳도 쿠바처럼 시가가 유명한 모양이었다.

언젠가 주훈이 쿠바산 굵은 시가를 입에 물고 피아노 치며 말했다.

−시가 멋지지 않니?

킴은 매장에서 제일 비싸고 좋은 시가 한 통을 샀다. 푸에르토리코 남자가 그렇게 비싼 시가를? 하며 어깨를 으쓱했다.

저 멀리 카리브의 해적 영화에 나오는 장면 같은 곳이 보였다. 외따로 떠 있는 섬에 커다란 야자수 한 그루가 우뚝 섬을 지키고 있다. 카리브 바다는 여전히 에메랄드 빛이었다.

곱슬머리 푸에르토리코 남자가 빨리 오라는 손짓을 하며 잰걸음으로 바다를 향해 내려간다.

그의 등 뒤에 어젯밤 침대 머리맡에서 본 검은 그림자 형상이 어른거렸다. 킴은 남자를 따라 서둘러 내려가며 그림자를 잡으려 길게 손을 뻗어본다.

푸에르토리코 남자는 더 빠른 걸음으로 골목길을 빠져나가기 시작했다.

이제 눈물을 닦아요.
여인이여 울지 말아요.
여인이여 울음을 그쳐요.

어여쁜 소녀여 눈물을 거두어요.

석양이 점점 좁은 올드타운 골목길을 파고들었다.

어느새 검은 형상의 그림자가 킴 곁에 다가와 어젯밤처럼 그녀 손을 슬그머니 잡아주었다. '노 우먼 노 크라이'를 흥얼거리며.

올레 플라멩코

청회색 낡은 셔츠와 희끗희끗한 긴 머리를 뒤로 묶은 아버지는 아무 말 없이 리아를 뚫어져라 쳐다보았다.

아버지의 셔츠 색이 리아의 눈동자 색과 비슷했다.

"정말 많이 닮았구나."

한참 만에 아버지가 입을 열었다.

광장 벤치 뒤에서 유모차를 밀고 가던 뚱뚱한 여자가 서로 바라만 보고 있는 그들을 보며 고개를 갸웃했다.

리아는 처음 만나는 사람에게 하듯 안녕하세요, 한마디 한 후 할 말이 없어 우물쭈물했다. 선글라스를 벗어 머리에 얹었다. 한국에서는 남들보다 유난히 높이 솟은 코가 여기서는 아무렇지도 않아 마음이 편하다.

큰 키에 웨이브 진 긴 검은 머리를 뒤로 넘기며 리아는 화난 사람처럼 발끝으로 마요르 광장 돌바닥을 툭툭 차냈다.

비둘기 한 마리가 놀라 푸드덕 날아갔다. 아버지와 리아 사이에 다시 어색한 침묵이 흘렀다.

"할머니…… 할아버지는?"

20년 동안 연락 한번 하지 않았으면서 할아버지 할머니 안부를 묻다니 참으로 뻔뻔한 사람이다. 무어라 말을 해야겠는데 막상 앞에 있으니 할 말이 마땅히 떠오르지 않아 입을 다물어버린다.

아버지가 리아 앞으로 천천히 다가왔다. 패션모델인 리아보다 키가 훨씬 더 크다. 미움이 앞섰는데 실제로 보니 욕심 없는 선한 눈빛이 상상 속 아버지보다 훨씬 더 다정해 보였다. 할아버지의 분노 때문에 아버지가 더 나쁜 사람으로 각인되어서였는지도 모른다.

"점심은 먹었니?"

처음 들어본 아버지 목소리는 맑고 따뜻했다.

초등학교 운동장만 한 마요르 광장 반을 빙 둘러싼 초록색 발코니가 있는 목조 가옥들이 그림처럼 예쁘다. 그 집들 뒤로 아치형 기둥이 있는 붉은 기와를 얹은 하얀 집들이 2층, 3층으로 중첩되어 있어 더더욱 독특했다.

"투우가 시작되려면 시간이 많이 남았는데 어디 들어가 한잔 할까?"

아버지의 낮은 목소리가 꿈속에서처럼 들려왔다. 햇볕이 제법 따갑다.

리아는 입고 온 재킷을 벗어 들고 아버지 뒤를 따라 어딘가로 들어갔다.

"이곳에 왔으니 여기 명물 술 한번 마셔보자."

아버지가 아니스라는 술 두 잔을 시킨다.

주인이 아무 색깔도 나지 않는 투명한 술을 테이블에 놓았다.

한 모금 입을 대보았더니 어렸을 적 할머니가 먹여주던 감기 시럽 약 맛이 났다. 서먹한 분위기가 어색해 단숨에 마셔버렸다. 목구멍이 불타는 것 같다.

그런 리아를 보고 아버지가 처음으로 웃는다.

"70도짜리 술인데 그렇게 먹으면 되니?"

뒤늦게 말한 아버지가 원망스러웠다.

오래간만에 둘 사이의 서먹함이 조금 가셨다. 콜록대는 리아에게 물을 건네는 아버지의 미소가 크게 다가왔다. 이런 자신을 리아는 이해할 수가 없다.

"뭐하고 사세요?"

"그냥 여기서 조그만 기타 아카데미 하면서 살아."

한국에 나와 할아버지 옆에서 지내면 큰 고생은 하지 않을 텐데 아버지는 20년 동안 한 번도 연락하지 않았다. 할아버지는 그 점을 더 못 참아했다. 할머니는 죽지나 않았으면 좋겠다고 했지만 할아버지는 그놈은 그 여자 때문에 죽지도 못할 놈이라고 했다. 리아 앞에서는 쉬쉬거리며 말들을 안 했어도 할아버지가 술이 얼큰히 취해 들어온 날이면 리아는 다 들을 수 있었다.

흰 앞치마를 입은 대머리 주방장이 카운터도 보고 술도 서빙하던 카페를 나와 그들은 투우가 열리는 경기장으로 들어갔다.

경기장으로 올라가는 골목길은 낡고 아담한 집들로 이어져 있었다.

"서울에 있는 신촌과 이름이 비슷해서인지 왠지 이곳이 정이 가."

그 말을 해놓고 별 연관성도 없는 것에 의미 부여하는 게 우스운지 아버지는 뒷짐을 지고 골목길을 올라가다 멋쩍게 하하 웃었다.

그러고 보니 리아가 지내고 있는 마드리드에서 차로 한 시간 반 정도 거리밖에 되지 않는데 이곳 친촌은 마치 한적한 시골같이 평화롭기만 하다.

"일은 할 만해?"

아버지가 앞서 걷다가 문득 뒤돌아 내게 묻는다.

"아직 뭐 일이라고 하기에는 그다지……."

이쪽 모델 에이전시에 소속되어 있기는 하지만 리아를 불러주는 디자이너가 그리 많은 것은 아니다. 한국에서 리아를 픽업했던 디자이너가 가끔 무대에 세워줄 뿐 간신히 변두리 아파트 방세만 내고 지내는 정도다.

할머니가 걱정할까 봐 엊그제 서울에 전화할 때는 돈도 많이 받고 패션쇼 무대에 자주 선다고 했다. 하지만 할머니는 막무가내로 용돈 부쳐준다며 은행 계좌번호를 부르라고 호통이었다. 밑도 끝도 없이 네 애비처럼 갑자기 사라지면 어떻게 하냐며 늘 한탄하던 내용을 되풀이하는 할머니를 달래느라 한참 애썼다.

다시 정적이 흘렀다.

"마드리드에 온 지 일 년쯤 되었다니 투우는 좀 봤니?"

대화가 끊기자 아버지는 또 말할 거리를 찾는다.

"룸메이트가 투우사 견습생했던 친구라 라스벤타스 투우장에 자주

가요."

언제나 활발한 룸메이트 로레나를 떠올리며 말했다. 경기 규칙이나 투우 상식, 유명 투우사 이름 등은 로레나가 상세히 가르쳐주어 이제는 거의 외울 정도가 되었다.

여자 투우사가 되려다 포기한 로레나는 패션쇼 런웨이 무대에 서는 것보다 투우사가 되기를 열렬히 갈망했다. 로레나는 이제 스페인 젊은 사람들이 투우를 즐겨 보지 않는다는 것이 슬프다며 우울해했다.

아버지가 노력했지만 그들 둘 사이에는 이야기를 끌어갈 아무런 공통사가 없어 이야기가 계속 서로 겉돌았다. 아버지가 정작 묻고 싶은 할아버지 할머니 얘기는 차마 더 이상 물어보지 못하는 것 같아 보였다.

꼬불꼬불 골목길을 한참 따라 올라가니 드디어 야트막한 산 중턱에 투우 경기장이 나왔다. 마드리드에 있는 투우장보다 작았지만 관중석과 경기장이 제법 아담하게 잘 만들어져 있었다. 돌계단으로 층층이 빙 둘러쌓은 원형 경기장 관중석에는 이미 사람들로 가득 차 있었다.

태양이 투우장을 햇빛과 그늘을 뚜렷이 갈라놓는 저녁 무렵에 투우 경기를 해서인지 좌석의 가격차는 컸다. 마드리드에서는 햇빛이 계속 비치는 싼 자리인 쏠에서만 투우를 구경했는데 이곳에서는 아버지가 가장 비싼 그늘진 곳인 쏨브라 자리를 예매해놓았다. 스페인에 와 처음 앉아보는 좋은 자리다.

장내 아나운서의 투우사 소개가 끝나자 행진이 시작되었다.

"저 사람이 끝을 장식하는 역할을 맡은 마타도르고 그 뒤의 남자가 말 타고 창을 찌르는 피카도르……."

아버지가 손으로 가리키며 리아에게 설명을 조금 하다 만다. 난 원래 투우를 별로 좋아하지 않아서라고 얼버무리며 말을 흐렸다.

중세기풍 금은 장식된 복장의 투우사들이 몸통에 천을 두르고 눈 가린 말을 타고 입장했다.

뒤이어 푸른 바지에 붉은 윗도리 붉은 베레모를 쓴 남자들과 또 다른 색 옷들을 차려입은 진행요원들이 마타도르를 위시해 피카도르, 반데리예로 등 세 명의 투우사들과 함께 차례로 들어왔다.

아버지는 경기장을 보지 않고 멍하게 앉아 있다.

24시간 동안 완전 차단된 방에 가두었던 4살짜리 황소를 보조원들이 경기장으로 유도해내자 친촌 투우장에 모인 관중들의 올레 올레 소리가 경기장을 뒤흔든다. 갇혀 있다 나온 소는 공포스러운지 경기장을 뛰기 시작했다. 로레나는 그때부터 마음이 울렁거리기 시작한다고 했다.

제일 먼저 피카도르가 말을 타고 나타나 흥분한 소를 이리저리 피해 다니다 긴 창으로 소의 어깨뼈 부근을 공격했다. 뿔이 옆으로 길게 뻗은 검은 소는 씩씩대며 점점 흥분상태로 들어섰다.

"엄마 얘기 들은 적 있니?"

아버지가 조용히 물었다.

"아니오."

리아는 엄마 얘기는 잘 알지 못한다. 서너 살 때의 기억이란 아무 쓸모없는 법이다. 할아버지도 잘 모르는 듯하다. 얼굴이 남들과 다르게 생겼으니 한국 사람이 아니라는 것만 알고 있을 뿐이다.

피카도르가 들어가고 반데리예로가 운동장 한가운데 서서 날렵한 동작으로 달려드는 소를 이리저리 피했다.

"원망 많이 했지?"

아버지는 두 손으로 머리를 감쌌다.

옆에 있는 관중이 우우, 소리를 지르며 일어섰다.

"내가 스페인에 오리라고는 상상도 못했죠?"

"미안하다 정말."

뭘 새삼스레 괴로워하는 척하는 것일까? 수소문해 찾지 않았다면 아직도 서로가 누구인지조차 알지 못할 텐데 하는 생각에 리아는 다시 처음 만났을 때처럼 화가 나기 시작했다. 투우사가 붉은 뮬레타를 옆으로 살짝 비끼며 작살 두 개를 소의 어깨에 꽂았다. 리아는 마치 자신의 몸에 작살이 꽂힌 듯 시원함이 느껴졌다. 찔린 소는 더욱더 화가 나 투우사의 뮬레타를 향해 돌진했다.

달려드는 날카로운 소뿔을 피해 세 번이나 힘껏 꽂았다. 그때마다 몸에 전율이 흘렀다. 사람들 함성이 이곳저곳에서 들려왔다. 검은 황소는 입가에 흰 거품을 흩날리며 더 날뛰기 시작했다.

"난 지금도 네 엄마 생각뿐이야."

뭐라고요? 하며 따지고 싶은 걸 꾹 참는다.

할아버지 말대로라면 공부하러 스페인으로 유학 가서는 난데없이 플라멩코 기타에 빠져 음악학교에 다니더니 얼마 안 있어 아이가 생겼다며, 그런데 키울 수 없게 되었다고 제발 세 살배기 아이를 데려가달라고 애원한 아버지였다.

그 일이 있고 난 후 할아버지는 아버지와의 연락을 일체 끊었다. 학비도 생활비도 보내지 않으면 제 발로 들어오겠지 했다고 했다. 그런 세월이 어느새 20년이 넘어버리고 만 것이다.

리아는 그런 아버지에게 진짜 속마음을 있는 그대로 표현하지 못하고 있다.

드디어 꼿꼿한 자세로 마지막 투우사가 온몸을 꽉 죄는 에메랄드 빛 바지를 입고 무릎 밑까지 올린 붉은 스타킹과 검정 단화를 신고 경기장에 나타났다. 사람들 함성이 또다시 경기장을 뒤흔들었다.

"엄마가 도무지 안 되겠다며 놔달라고 애원했어."

왜요? 라고 묻고 싶은 걸 간신히 참는다.

집시 정착을 위해 마련한 정책 덕에 왕립 플라멩코 무용학교에 다니던 엄마는 결국 학교도 다 마치지 못하고 리아를 낳은 뒤 그라나다로 떠나버렸다고 했다. 춤을 추지 못하는 삶은 엄마에게 아무 의미가 없었던 모양이라며 아버지는 고개를 떨구었다.

굽실거리는 검은 머리를 뒤로 묶은 투우사는 소를 향해 검은 눈썹을 찡그리며 구레나룻을 쓰다듬었다. 아버지처럼 키가 크고 눈썹이 진해서인지 왠지 처음 보는 사람 같지가 않다.

금빛 자수를 가장자리에 가득 놓은 핑크빛 재킷이 그의 검은 넥타이와 구레나룻을 더 돋보이게 했다.

그는 칼과 막대기에 감싼 붉은색 천 뮬레타를 들고 베레모를 벗어 관중에게 인사했다. 관중들의 환호소리가 경기장에 가득 찼다.

잡히지 않는 뭔가를 잔뜩 갈구하는 듯한 플라멩코 손동작을 하는 얼굴도 알 수 없는 엄마의 모습이 떠올랐다. 절제하는 듯 딱딱 끊기는 동

작 사이로 금방이라도 폭발할 것 같은 긴장감이 맴돌았다.

투우사는 소의 움직임을 날카롭게 쳐다보며 붉은 뮬레타를 펼쳤다. 목을 빳빳이 세우고 턱을 안으로 끌어당기며 고개를 비스듬히 돌려 소를 노려보았다.

런웨이에 서 있는 패션모델의 자태보다 더 우아하고 카리스마가 넘쳤다. 꼿꼿하게 선 동작으로 소에 가까이 다가서 받힐 듯 안 받힐 듯 아슬아슬한 장면이 계속되었다. 그의 맺고 끊는 듯한 우아한 자태에 관중들은 열광하기 시작했다.

투우사의 서 있는 모습과 소를 날렵하게 피하며 다루는 모습은 이제 겨우 경기 규칙을 알아가는 리아 같은 사람에게도 온몸에 소름이 돋게 할 만큼 예술적이었다.

날카로운 장검을 빼들고 투우사는 경기장 한복판으로 나와 일대일로 소와 마주하였다.

사람들이 일제히 숨을 죽이고 투우사와 소를 쳐다보았다. 마지막으로 모두가 기다리는 진실의 순간이 된 것이다.

투우장에 정적이 맴돌았다.

갑자기 찾아온 정적에 소가 가만히 서서 거친 숨을 몰아쉬었다.

그때 화가 잔뜩 나 있는 소의 시선을 집중시키기 위해 가만히 서 있던 투우사가 뮬레타를 허리 아래로 절도 있게 내렸다. 뮬레타가 움직이자마자 그것을 향해 소가 돌진했다. 사람들이 일제히 일어나 팔을 휘두르며 흥분하기 시작했다.

뮬레타를 향해 돌진하는 소의 목 근육을 향해 옆으로 꼿꼿이 선 투우사는 1미터짜리 장검을 깊숙이 꽂아 넣었다. 그런 다음 반듯하게 서 있는 투우사의 자태가 그림처럼 아름답다. 정확히 명중했다. 거품을 흘리며 날뛰던 소가 무릎을 꿇고 단숨에 고꾸라졌다. 관중의 환호성이 투우장을 뒤흔들었다.

리아는 아주 작은 의자에 앉아 무대 위를 보고 있었다. 불처럼 타올라 절정에 다다른 누군가의 절제된 동작이 어린 리아의 가슴을 막연히 조여댔던 기억이 불현듯 났다.

무대 위에서는 검은 머리를 뒤로 질끈 묶은 아버지가 기타를 치고 있었다. 딱 달라붙는 검은 남방과 검은 바지를 입은 아버지는 흰 목도리를 멋지게 목에 감아 길게 둘러매었다. 흰색 회칠을 한 동굴 집 벽면에는 구리 물병과 프라이팬이 장식으로 다닥다닥 붙어 있었다.

아버지는 나머지 두 명의 플라멩코 기타 악사와 함께 몸을 S자를 만들며 감각적이고 관능적인 움직임으로 감성의 깊은 밑바닥을 끄집어내는 누군가의 춤을 위한 연주를 했다.

끊어질 듯 이어질 듯한 아버지 기타 연주에 맞추어, 피처럼 붉은 옷을 입은 여자는 한 손을 높이 들고 손가락을 튀기다 다시 손뼉을 치며 리드미컬하게 발을 굴렀다. "올레"를 외치며 가슴을 조여오는 빠르고 강한 리듬의 기타 연주에 맞추어, 쉴 새 없이 바닥을 굴러대는 청회색빛 눈동자를 가진 여자의 구두소리가 온몸을 휘감아왔다. 아버지는 붉은 뮬레타를 향해 돌진하는 황소처럼 격정적으로 기타를 연주하고 있었다. 여자의 강렬한 구두소리가 귀를 찢는 듯한 트럼펫 소리와 함께 투우장에 울려 퍼졌다.

사람들의 함성이 끊이지 않는다. 목덜미에 노랑 깃발과 붉은 깃발로 잔뜩 치장한 세 필의 말이 나타나 죽은 소를 끌어내자 떠나갈 듯 외치는 관중들의 환호와 관중석에 앉아 불어대는 트럼펫 소리가 요란하게 경기장을 뒤덮었다.

"올레!"

유숙희

꿈이라면 되네…….
아무런 꿈인들 어떤가.
꿈을 가지시게.
그리하여 풍선에 매달고 올려보는 것이라네.
초록색, 청색, 붉은색, 노란색…….
아무 색이면 어떤가.
꿈을 가지시게나.
슬픔을 지울 수 있는 꿈.

. . .

이화여대 음대 성악과를 졸업하였다.
미네소타 음악대학원에서 석사학위(Performing Arts)를 받았다.
1996년 《열린문학》에 〈디어 헨리〉를 발표하며 등단하였다. 단편 〈월병〉, 〈리디체에서
보내는 편지〉, 〈적요〉, 〈여름과 봄 사이〉 등을 발표하였다.

그때 그 오리들은 어디로 갔을까?

딸애야,

사람은 모두가 고독한 존재라고 했던가.

한방에 같이 들어 있는, 나처럼 깡마른 노인이 등을 내보인 채 벽을 향해 누워 있는 모습도 쓸쓸해 보였고, 네가 오늘 병실을 나가던 뒷모습도 마찬가지였다.

네 모습이 사라지고 나서 한동안 너를 얼마나 더 볼 수 있을까, 잠시 생각에 잠겼다. 눈꼬리에 비친 네 눈물이 이제 내 눈물이 되어 번져 흘렀다.

신음소리 가득하던 병실이 잠잠해졌다. 옆 노인이 통증에서 벗어나 잠시 잠이 든 모양이다.

시도 때도 없이 찾아오는 통증은 마치 임산부가 몸을 풀면서 찾아오는 통증처럼 오다가도 고맙게 쉴 틈을 주었다. 두 침대에 잠시 기약 없는 평화가 온 셈이었다.

조용해진 병실 창 너머로 너희가 있을 곳을 향해 바라보았다.

서쪽으로 기우는 해가 너도 보이겠지.

가창오리 여러 마리가 지는 해를 얹고 날갯짓을 부지런히 놀리며 날아갔다. 아직 절기상으론 북쪽으로 돌아갈 때가 되진 않았을 텐데. 인근 숲에 마련한 집으로 돌아가려는 거겠지, 아마.

저만치 멀어져가는 새 무리의 울음소리가 병실 안으로도 밀려왔다. 하루를 마감하면서 온종일 벌어진 얘기들을 주고받느라 저리 소란한 걸까.

새들의 소리가 점점 작아졌다.

딸애야, 저놈들도 태어날 땐 샛노란 색이었을까.

새들은 저만치 작은 점처럼 물러갔다.

핑크 빛에서 보라색으로 변하던 하늘이 이젠 그 색마저 잃었다.

이젠 점도 보이지 않는 어둑해진 하늘을 한동안 물끄러미 쳐다보다 문득 옛일이 떠올랐다.

생각나니, 네 머리 위에 새끼오리 한 마리 올려놓고 환히 웃으며 찍었던 사진. 아직도 어느 앨범 한 면에 고이 간직하고 있는, 이제는 빛바랜 사진이.

그러니까 네가 다섯 살 즈음이었을 거다.

토요일이면 식구들이 이따금씩 찾아가던 벼룩시장, 기억하고 있겠지.

뉴브런즈윅 다리를 끼고 유턴해서 돌아 강변로를 타고 들어가던 주말장터. 집에서 차로 달려가 삼십 분 되는 거리에 있던 그 시장에 재미

삼아 아니, 일상의 단조로움에서 벗어나고 싶어 우리는 그곳을 찾곤 한 거지. 시계 바늘처럼 돌아가는 이국 생활은 단조롭기 짝이 없었거든. 게다가 이민 와서 처음 찾은 직장은 아빠의 정신세계를 피폐하게 만들 기도 했어.

주말시장이 열리는 대형 빌딩은 한때 수많은 학생들을 수용하던 학 교였다. 폐교가 된 빌딩은 이제 온갖 잡다한 상품들과 상인들, 물건 사 려는 사람들, 호기심에 모여든 사람들로 발 디딜 틈 없는 시장이 된 것 이다. 옷 가게, 수공예품 가게, 골동품 가게, 화초가게, 자그마한 칸막 이 가게들이 즐비하게 들어서 있었지.

이 가게 저 가게 기웃거리다가 노란 새끼오리들이 눈에 들어왔다. 동 물을 몹시 좋아하는 넌 벌써 그 앞에 서서 오리를 사달라고 조르기 시 작했다. 오리 대신, 알을 사서 부화시켜주마 하고 아빠는 널 설득하려 들었지만 넌 어느새 뽀로통해진 얼굴이 되어 있었다. 어렸을 적 시골에 서 살던 아빠는 알에서 부화되어 나오던 오리들을 기억하고 있었던 거 였다.

그날 상인에게서 받아 든 오리 알들을 깨어지랴 조심스럽게 안고서는 돌아오자마자 방 안에 상자를 들여온다, 전깃불을 마련한다, 아빠는 한동안 바빴지.

너는 아빠를 졸졸 쫓아다니며 하얗기만 한 알에서 노란 오리가 태어난다는 것이 신기하다는, 달뜬 표정이었다. 두 살짜리 네 동생도 무슨 영문인지 모르면서도 언니처럼 달뜬 모습으로 너의 꼬리에만 달라붙어 오갔다.

전깃불을 골고루 쪼이려면 여간 정성이 드는 게 아니었어. 아빠는 타이머를 달아놓고는 시간되면 젓가락을 넣어 오리 알들을 이리저리 뒤집어 전깃불을 쪼여주었지.

"아빠, 아직도 안 나와?"

아마 넌 이 물음을 수백 번도 더 했을 거다.

전깃불에 비춰 알의 동태를 살피던 아빠는 "응, 조금 있으면." 하고 대답한 것도 수백 번일 거야.

삼십 일이 되던 날이었다.

한밤중 조용함을 틈타 아주 미세하고 가녀린 생명의 소리가 들리기 시작했다.

안방을 들락거리던 너희 형제가 얼굴에 홍조를 띠고서는 우와, 소리를 질렀다. 새끼오리가 알을 혼자 힘으로 깨고는 하나씩 둘씩 알을 벗어나 나오기 시작했다.

오리들이 스스로 알 깨는 모습 넌 기억하고 있겠지. 안쓰럽게 알 속에서 버둥대던 그네들의 몸짓하며, 알 껍데기가 조금씩 열리던 모습하고.

오리들은 참으로 맹랑했다. 자신들이 누군지를 확연히 알고 나오는 듯 잠시 비틀거림도 없이 부르르 몸을 털며 그 자리에서 걷기 시작하는 것이었다.

앙증맞은 오리들을 보며 너와 네 동생은 황홀한 얼굴이 되었다.

상자 안은 이리저리 오가는 노란 새끼오리들로 그득해졌지.

"아빠, 안아도 돼?"

꼼지락거리는 오리가 너무 사랑스러워 넌 안달을 했다.

며칠 동안 상자에서 오가는 오리들에게 먹이도 주고 물도 주고 배변을 치워주었다.

아빠가 뒤뜰에서 잡아 온 자그마한 벌레들 생각나니.

무당벌레, 일본 풍뎅이, 작고 윤기 나던 이름 모를 벌레들이 아빠의 기름 묻은 검은 손에서 꿈틀거렸다.

오리들의 작은 눈으로 어찌 그리 쉽게 파악이 된 건지, 벌레를 내보여주면 눈 깜짝할 사이 입을 벌려 쪼아 먹는 새끼오리들. 단백질 공급원이란 지식은 사전에 미리 알아두었던 모양이더구나.

하루 이틀이 지나면서 애들에게 이름을 지어줄 정도로 요놈들의 특징 파악이 되었지.

생각나니, 애들 이름이.

깃털이 남보다 많아 플라피, 오리다운 빼어난 미모의 더키, 머리에 검은 점이 있다고 스파티, 샛노래서 골디, 혼자서 짙은 빛이 되어 태어난 블래키, 그리고 태어날 때 알을 더디게 깨고 나온 사이드와인더.

넌 이름도 알맞게 지어주었다.

사이드와인더는 걷는 모습이 남들하곤 다르게 옆으로 한 번 휘었다가 걸었다. 빛을 골고루 받지 못한 걸까.

햇볕이 따뜻한 어느 봄날, 드디어 오리들의 처음 나들이 날이 왔다.

뒤뜰로 향하는 문이 열리고 오리들이 상자에서 내렸을 때, 애들은 어찌 연못을 알아차렸을까. 뒤뜰 저만치 파놓은 작은 연못에서 물 냄새가 전해져 온 것일까. 집과 집 사이에 흐르던 도랑을 이용해 아빠가 몇 날 며칠을 힘써 파놓았던 연못이 제 구실을 하는 순간이기도 했다.

오리들이 주르르 앞서거니 뒤서거니 연못으로 향해 달려가던 모습 기억나니. 아장아장, 아니 뒤뚱뒤뚱이 더 어울릴 거다.

그래, 그렇게 나란히 앞다투어 달려가서는 풍덩 하고 물에 뛰어들었어. 물 만난 오리라더니 정말 어쩜 수영 레슨 없이 그렇게 헤엄을 잘 치던지.

매일 너희들은 새로운 집 식구들에게 온 정신을 빼앗겼다. 함께 물에라도 텀벙 뛰어들 것처럼 그 애들을 쫓아다녔으니까.

아빠는 어찌 휘파람 불 생각을 했을까.

그 애들 밥시간이 되면 집 근처에 있던 먹이통으로 오라고 소리를 냈었지. 입을 쫑긋하게 모아서.

호요호요호요……

하루가 지나고 며칠이 지나면서부터 오리들은 그 소리가 나면 밥이다! 알게 되었고 이윽고 일렬종대로, 그 우스꽝스런 걸음으로 달려왔다.

늘 플라피가 먼저 앞장섰고 그 뒤를 쫓아 더키, 스파티, 골디, 블래키 마지막으로 한동안 시간이 지나서야 사이드와인더가 먹이통으로 왔다.

먹이통에 머리를 처박기도 하고 아빠, 그리고 너와 네 동생 손에 든 곡물을 열심히 쪼아 먹곤 했지.

"우와~ 이것 좀 봐, 엄마."

너의 작은 손에서 모이를 쪼아대는 털이 보송보송 난 새끼오리들에 넌 감탄사를 연발했었다. 너의 유난히 검던 눈은 한층 더 반짝이곤 했지.

녀석들이 노란 색을 잃고 블래키가 좀 더 검어지기 시작한 건 한 보름이 지나서였을 거다. 노란 털옷을 입은 놈들은 점점 흰색 깃털로 하나둘 변하더니 불쑥 자라기 시작했다. 블래키만 혼자서 검어지면서 다른 색깔의 깃털을 내밀었다. 혼자만 청둥오리였던 거야.

이젠 제법 어른인 척 목소리도 낮아지기 시작했다. 뒤뚱거리던 걸음걸이도 뒤~뚱, 몸무게에 눌려 한 박자 느려지게 되었고.

뒤뜰에서 너희들과 오리들은 한통속이 되어 땅바닥을 구르며 웃음보를 터뜨렸다. 얼마나 깔깔대었는지, 뒷마당은 항상 웃음소리로 가득했었다. 너희들이 한 식구인 걸 알아챈 오리들은 너희들을 마구 쫓아다니기도 했고, 너희들은 마당 한구석으로 달려가야 했고.

유치원에서 돌아온 넌 우선 뒷마당으로 달려 나갔고 직장에서 돌아온 아빠도 곧장 뒷마당행이었다.

한 두 달이나 되어서였을까.

너희에게 익숙해진 오리들이 뒷마당을 정복했다는 생각이 들었던지 이제는 앞마당으로 진출했다. 조금씩 걱정스러워하면서 그 애들의 행방에 눈길을 주었지만 얼마 안 가서 오리들은 하나둘 울타리를 넘었다.

아니 울타리가 없는 동네에 어찌 사람들이 원하는 울타리를 알아차릴 수가 있었겠는가.

앞마당이 이젠 시시해졌는지 한 마리 두 마리 집 앞길로 나가기 시작했다. 세상 물정을 다 알아차린 양 제법 대담해졌다.

나지막한 집들이 이따금씩 있는 서머셋 동네에 울타리 있는 집은 한두 채나 되었을까.

푸른 잔디가 집에서 집으로 이어진 동네를 맘만 먹으면 마실 갈 수 있음을 오리들은 쉽게 간파한 거였다.

처음에는 길 앞에 작은 도랑을 찾아 나서더니 그 다음엔 차가 다니는 길로 나간 어느 날, 넌 엄마~ 큰 소리로 부르며 집안으로 뛰어 들어왔다.

사이드와인더가 그만 지나가던 차에 치여 죽은 날이었다.

길에 누워 피가 난 채 쓰러져 있는 그 애를 안고 돌아와 뒷마당에 묻던 날, 넌 그 큰 눈망울에서 두두둑, 눈물을 흘렸다. 그리고는 네 방으로 사라져 한동안 모습을 보이지 않았었지.

그날 일터에서 돌아와 소식을 듣고 난 아빠의 붉어진 눈시울, 넌 기억할지 몰라. 이민생활에 잘 적응 못하고 활로가 보이지 않는 때라서였을까. 오리 식구들 중에서 늘 뒤져 힘겹게 쫓아오는 사이드와인더에게 너만큼이나 애착을 쏟았거든.

보이지 않는 그 애 모습에 여러 날 가슴 아파했어, 아빠와 넌.

여섯 마리에서 다섯으로 준 우리 오리 식구. 한 생명의 자리가 그리 큰 것인지 뒷마당이 휑한 게, 쓸쓸해 보였다.

단출해진 다섯 마리의 오리들이 또다시 너희들과 어울린 건 며칠 지나서였다. 한 식구가 사라진 것을 잊어가고 있는 듯, 다시 길거리로 나가기 시작한 오리들. 그 부산한 소리를 내며 길거리로 나간 오리들은 동네 아이들까지 자기 식구라고 여겼는지 이젠 동네 아이들 뒤를 쫓았다.

앞집 배키는, 순한 배키는 까르르 소리 내며 오리들 장난에 응해주었지. 금발 머리에 눈웃음이 가득한 그 애는 먹을 것을 챙겨 집에서 뛰어나와 오리들에게 주곤 했어. 배키 발을 쪼아대며 녀석들은 부산을 떨었다. 배키 동생, 타미는 푸른 눈을 껌뻑이며 배키 뒤에 숨곤 했지.

동네 아이들 중에 프랭크 그라지오네 두 아들 기억하니. 드세고 장난기 심하던 그 아이들은 작대기를 가지고 오리들 뒤를 쫓아다니며 성가시게 굴었다. 오리들은 그 집 가길 꺼려하는 눈치였다.

문제는 워칭 스트리트에 사는 마이클네였지.

우리 동네 몇 안 되게 울타리를 치고 살던 집이기도 했어.

네 동생과 나이가 비슷하던 마이클의 엄마가 하루는 전화를 걸었다.

"미안한 말씀 좀 드리려고요."

"⋯⋯⋯"

"오리 때문에 마이클이 무서워해서요. 집 밖에 못 나갑니다. 오리를 치우셨으면 해서요. 중국집으로 보내시면 요리 감으로 팔릴 수도 있는데요."

마이클 엄마의 목소리는 상냥함을 잃지 않았다. 하지만 약간 떨림이 감지되는, 나름대로 상당한 고심 끝에 전화한 것이 느껴지도록 경직되어 있었다.

전화를 끊고 부끄러움과 미안함에 난 얼굴이 잔뜩 붉어졌다.

한동안 아빠와 오리들 거취를 놓고 고민했다.

이미 우리 집 식구가 된 오리들을 어떻게 할 것인가.

작았을 땐 그런대로 뒤뜰에서 돌보기가 쉬웠었는데 이젠 우리가 다룰 수 있는 범위 내에서 벗어난 거였다. 플라피턴가. 그즈음 알을 하나둘 낳기 시작한 오리가. 어느새 가족 만들 생각을 시작하려는 그 정점에, 오리들을 어디로 데리고 가야 하는가.

베이징 덕 요리라니.

우리를 엄마 아빠로 여기는 오리들을 중국집으로라니.

한동안 생각하던 아빠가 입을 열었다.

콜로니얼 파크로 데리고 가면 어떨까.

아빠는 우리들이 점심 싸들고 자주 놀러 가던 공원을 떠올렸다.

넓은 잔디가 펼쳐 있는가 하면 숲과 아이들의 놀이터와 깊숙이 자리잡은 널따란 호수가 있는 그곳을.

일주일이 지나고 주말이 되어서 드디어 얘네들을 넓은 세상으로 보내는 날이 되었지.

아침부터 어디론가 시집이라도 보내는 친정어머니 마음처럼 서글픈 마음이 되어 분주히 얘네들을 실어 나를 상자를 준비하고 먹이도 챙기고 서둘렀다. 네 식구가 한 차에 타려면 네 동생은 내 무릎에 앉혀야 했고 넌 오리들과 함께 뒤에 나란히 앉았다.

"너희들, 몸 조심해야 해. 알았지?"

넌 연방 오리들에게 주의사항을 늘어놓으며 열심히 타이르느라 바빴다.

그날따라 구름이 잔뜩 낀 흐린 날이라 우리 마음이 더욱 무거워졌다. 지난봄 내리 오리들과 함께 뛰어논 기쁘고 즐겁던 날들이 끝나감에 식구 모두 아쉬워하고 있었다.

여름이 막바지를 지나가고 있는 공원에는 사람들이 드문드문 보였다. 아이들이 뛰어노는 모습이 보이는가 하면, 자전거를 타고 혹은 걸어서 산책하는 사람들이 있었다.

초록색으로 물든 탁 트인 이곳이 오리들이 마음대로 뛰어놀 수 있는 공간이라는 것에 모두 안도하고 있었다.

호수가 있는 곳까지 차를 가까이 대었다.

영문도 모르는 오리들이 밖을 내다보고 있었다. 아니 새로운 전경에 넋을 잃은 것 같았다.

문을 열었다.

차에서 내려온 오리들이 잠시 주춤했다. 호수를 발견하곤 제정신이 아니었던 모양이다.

하나둘……. 나란히 호수 안으로 뛰어든 오리들이 물속을 천연덕스럽게 헤엄치면서 앞으로 나가기 시작했다. 나머지 식구들은 전혀 의식하지 않은 채.

"쟤네들, 그냥 가버리잖아."

눈물이 글썽한 너와 네 동생이 한동안 오리들을 지켜보고 있었다. 작별 인사도 없이, 뒤도 돌아보지 않은 오리들이 저 멀리 사라져가고 있었다. 오리들이 작은 점이 되어 보일락 말락 했다.

점이 되던 오리가 전혀 보이지 않도록 바라다보던 우리들이 발길을 돌린 건 한참 후였다.

휘파람을 수없이 불어도 돌아보지 않는 오리들에게서 시선을 거두지 못하던 아빠는 물가에서 작은 돌을 주워 물수제비를 한두 번 떴다.

돌이 퐁퐁거리며 서너 차례 물 위에서 구르는 듯하더니 물속으로 가라앉았다.

아빠, 내일 다시 올 수 있어?

차에 엉덩이를 들이밀며 넌 그렇게 물었지.

돌아오던 차 안이 조용했다.

한데 뒹굴던 식구들을 떼어버리고 나서 무슨 말들이 하고 싶었을까.

집에 돌아온 우리들은 썰렁해진 뒷마당을 잠시 외면해야 했다. 까르르 웃던 웃음도 사라지고 오리들이 꽥꽥거리는 소리도 사라진 텅 빈 마당.

한참 만에 나가 본 뒤뜰 연못엔 개구리 몇 마리만 폴짝이고 있었지.

다음 날이 마침 일요일이라서, 아니 네가 아침 일찍부터 가자고 졸라대어 우린 다시 차에 올라탔다.

오리들이 그냥 그대로 있을까.

궁금함을 가득 안고 콜로니얼 파크로 달렸다.

화창한 날이었다.

하늘은 짙푸르고 흰 구름이 두둥실 떠 있는 공원엔 이른 아침이라 사람들이 별로 보이지 않았다.

호숫가에 차를 대고 물가로 걸어가는 동안 아빠의 휘파람 소리가 울리기 시작했다.

　호요호요호요……

　호수엔 터줏대감 오리들 몇 마리가 여기저기 헤엄치고 있었지만 잠시 눈길을 주다가 자기들 일에 분주했다. 머리를 물아래로 처박으며 다이빙하는 오리, 고개를 좌우로 바쁘게 움직이며 사방을 살피는 오리, 스케이팅하듯 물위를 미끄러져 가는 오리들.

　하지만 휘파람 소리가 지나가는 바람 소리인 것처럼 무심히 듣고만 있었다. 우리 식구들이 아니었던 거야.

　호요호요호요호요……

　아빠가 입을 모아 끊임없이 내는 소리가 정적을 뚫고 한동안 울려 퍼졌다.

　너도 네 동생도 턱을 받치고 물 수면만을 뚫어져라 보고 있었다. 오리들 먹일 식량을 내려놓고 한자리에 앉아, 혹은 서서 시선을 여기저기 던지고 있었다.

　한동안 초조한 시간이 흘렀다.

　"온다!"

　다들 자리를 박차고 일어섰다.

　"어디, 아빠?"

　넌 발돋움하면서 고개를 길게 뽑았다.

　육안으로 잘 보이지 않는 곳을 아빠는 가리키고 있었다.

　"어디 뭐가 보인다고 그래?"

　"호수 건너편, 백양나무들 보이지?"

물과 푸른 하늘을 배경으로 백양나무 숲이 한 폭의 그림
을 그리는 곳을 아빠는 손가락질하고 있었다. 족히 천여
미터는 떨어져 있을 호수 저편으로부터 뭔가 점 같은 것에
작은 파장이 일었다.

점은 점점 크기를 더해갔다. 호수에 이는 움직임이 조금씩 눈에 들어
오기 시작했다. 점이 자라서 이젠 알아차릴 만큼의 모습이 보였다.

"플라피다!!!"

너지? 그렇게 외친 것이.

맨 앞장선 것은 플라피가 분명했다. 그 뒤를 이어 열심히 헤엄쳐서
달려오고 있는 오리 식구들.

이젠 녀석들이 내는 소리가 조금씩 들려왔다.

녀석들이 점점 다가오면서 모습은 더욱 또렷해졌다. 물 파장은 V자
를 만들면서 그 폭을 넓혀갔다.

파장의 선두가 제법 가까워져 또렷이 녀석들 모습이 확연해진 순간
너의 목소리는 한 옥타브 높이 올라 우와, 소리를 냈다. 무조건 너를 따
라 하던 네 동생도 비슷한 소리를 내며 그 고사리 같은 손으로 박수를
치기 시작했다.

오리들은 아빠의 휘파람 소리를 기억해낸 것이었다. 녀석들이 무슨
소리를 그리 부산스럽게 내면서 다가오고 있는지 온 호수가 떠나갈 듯
요란했다.

오리들은 반가웠던 거야.

아니, 우리도 애네 못지않게 큰 소리를 지르고 있었다.

모두가 환한 얼굴이 되어 서로를 반겼다.

머리를 위아래로 쪼아대며 매끄럽게 달려온 오리 식구가 우리들에게 덥석 안길 것만 같은 자세로 물가로 올라왔다.

하룻밤이 까마득한 시간들이 되어 서로를 몹시 그리워했던 것이다.

녀석들 앞에 펼쳐진 어른들 손에서 아이들 손으로, 또다시 자리를 옮기면서 녀석들은 인사하랴, 먹이를 쪼아 먹으랴 떠들썩했다.

먹이를 먹고 그리움의 회포를 풀고 나서 얼마나 시간이 흘렀던가.

오리들은 제자리를 알았던지 다시 하나씩 둘씩 물로 돌아가기 시작했다. 어제처럼 텀벙 들어가 새로운 세상에 홀려 인사도 없이 가버린 것과는 다른, 잠시 여운을 두고 되돌아보며 싱긋이 웃으며 인사하는 것 같기도 했지.

다시 오리들이 물가로부터 멀어지며 헤엄쳐 가기 시작했다.

플라피를 선두로, V자를 거꾸로 만들면서, 요란하게 내던 소리의 크기를 줄여가면서, 오리들은 점점 멀어져 갔다.

오리들이 점이 되도록 우린 그냥 그렇게 서 있었다.

"다음 주말에 보는 거다! 몸조심해야 해."

모두 소리 내어 그들에게 인사했다.

첫날은 그렇게 헤어져 돌아왔다.

일주일 동안 잘 버텨낼 수 있을까.

터줏대감들한테 밀려 쫓겨나지는 않을까.

천적 야생동물들이 얘들을 그냥 놔둘까.

머릿속은 온갖 걱정거리로 우울했다.

일주일 내리 오리들은 마음속에 자리 잡고 떠나지 않았다.

다음 주말에 갔을 때, 불안하던 가슴을 쓸어내리는 행운이 있었다. 오리들 모두가 건재함에 놀랐고 반가웠던 것이다.

그리고 또 한 주가 무사히 가고 또 한 주가 갔다. 그리고 셋째 주였을까.

공원은 그 사이, 다른 모습으로 우릴 맞아주었다.

나무들은 잎을 누렇게, 혹은 진홍색으로 또는 노랗게 변색이 되어 사방을 환하게 밝히고 있었다. 공원은 세월에 떠밀려 새로운 용모를 하고 있었던 것이다.

북쪽으로부터 불어온 서늘한 바람이 잎사귀들을 하나 두울 떨구어냈다.

가을이 한참 무르익어 호수는 온갖 색깔을 물에 담고 화사한 모습으로 그 자리에 그렇게 있어주었다.

오리들에게 새 보금자리는 정말 훌륭한 곳이었다.

호요호요호요…….

아빠의 부름은 울려 퍼졌다.

그들이 나타날 때까지의 초조함. 시간이 좀처럼 흐르지 않는 것만 같은 기다림은 호수에 오리들을 풀어놓고 맞았던 첫날과 다름없었다.

멀리서 시작한 점은 작은 움직임이 되고, 그것이 오리들이 그리는 파장임을 알고는 가슴이 설레기 시작하고.

"온다!"

소리치는 건 이젠 너였다. 네 동생은 두발을 모아 콩콩 뛰어오르고.

파장이 짧다고 생각되었다.

하나, 둘, 셋.

점들을 아무리 세어보아도 겨우 셋뿐.

플라피, 더키, 스파티…….

"어떻게 된 거야?"

허겁지겁 물가로 올라와 먹이를 쪼는 오리들에게 물어도 오리들은 먹이에만 정신이 팔려 있었다.

한 주가 또 가고 또 다른 주가 왔을 때 또 한 마리가 보이지 않았지.

한겨울이 되어 한적한 눈 덮인 공원을 찾아갔을 때 사람이라고는 찾아볼 수 없고 눈 치우는 차 한 대만 이리저리 움직이고 있었다.

제법 쌓인 눈 속에 발을 푹푹 빠뜨리며 호수를 찾았을 때, 호수는 텅 비어 있었다. 터줏대감 오리들마저 자리를 뜨고 난 후였으니까.

호요호요호요호요…….

한동안 아빠의 휘파람 소리만 바람에 섞여 겉돌고 있었다.

병실 창밖은 어느새 어두워졌다. 자그맣게 불 밝힌 내 침대에 엎드려 그날들을 회상하는 동안 나는 혼자서 실성한 사람처럼 싱긋이 웃기도 하고 혼잣말을 중얼거린 것도 같다.

침묵에 잠겼던 병실에 기척이 났다.

옆 노인의 통증이 내 통증을 앞질러 또 시작인가 보다.

저분과 난 전생에 어떤 인연이었던 걸까.

이 세상에 태어난 수많은 사람들 중에 같은 병으로 만나 마지막 시간을 한방에서 보내는 특별한 인연.

동병상련은 이런 때를 두고 하는 말이겠지.

높다란 코와 푸른 눈을 가진 저분과 누런 피부의 동양인인 나는 어느새 어렸을 적 친구들처럼 편안해졌다.

연배가 엇비슷하다는 것만으로도 서로 위로가 되어서일까. 행선지가 같은 배를 함께 탄 사람들의 심정이 되어서일까. 첫날부터 연민의 눈빛이 오고 갔으니까.

하기야 서로가 간호사였다는 공통점은 반가운 발견이었지.

엊그제였다.

통증에서 벗어나 잠시 잠이 들었던 여인이 누군가를 부르고 있었다.

"그레이스……."

딸애를 꿈꾼 모양이었다. 이 세상엔 없다는 딸애 이름, 그레이스.

천장을 뚫어져라 쳐다보던 노인이 고개를 돌려 입을 열었다.

"댁은 언제가 제일 좋은 날들이었나요?"

노인은 퀭한 눈으로 내게 묻고 있었다.

잠시 말을 잇지 못하고 웃음으로 답했던 늙고 병든 나는 우습게도 젊고 싱싱하던 삼십대로 돌아가고 있었고, 네가 아주 어렸을 적으로 달려가고 있는 거였다. 그 초라하고 보잘것없는 자그마한 집 뒤뜰로 돌아간 거였어.

너희는 다시 코흘리개로 돌아갔고 네 해맑은 웃음소리가 들리는 거였다.

저세상으로 간 네 아빠나 이 대륙 끝에서 두 아이를 돌보느라 바삐

사는 네 동생이 함께 살아 숨 쉬었던 곳, 서머셋.

그래. 내 몸에 정좌하고 있는 추억이란 보관함에는 단연코 반짝이는 보석처럼 그때 그날들이 곱게 채색되어 들어 있다.

이제 마지막 장을 닫으려는 즈음, 이런 보석 한두 개를 가지고 있다는 것만으로도 난 편안히 눈감을 수 있을 것 같아.

며칠 전부터 저 노인과 나는 하나씩 둘씩 우리들이 가지고 있는 얘기 보따리를 풀어놓고 있거든.

불안함과 두려움과 아픔을 이겨보려고, 아니 잊어보려고 하는 우리들의 술수인 셈이지.

날이 밝으면 내 삶 속에 숨겨진 보석 한 개를 꺼내 내 방 노인친구에게 보여줘야지.

이 밤이 무사히 가고 내일이 온다면.

슬픔을 지울 수 있는 꿈

노인이 되면 조바심이 더욱 심해진다고 했던가.

아직 새벽인데도 친구들은 벌써 여럿이서 공항의 G카운터를 에워싸고 웅성이고 있었다.

가방을 하나씩 든 나이 지긋한 여인네들은 마치 소풍을 떠나는 소학교 아이들처럼 마냥 즐거운 표정이었다.

저만치서 환한 웃음을 머금고 다가오던 주현이 이경을 보고 반색을 했다. 병색이 짙은 남편이 자신 걱정은 접고 꼭 다녀오라고 했다지. 얼마나 멋진 남편인가.

저쪽에서 휠체어가 어색한 기색이 역력한 정은이가 보였다. 어질병이 도져서 그런지 그녀의 안색이 요즘 들어 더욱 초췌해 보였다.

"내가 혹시 가게 되면 합창할 때 피아노에 기대어 서면 안 될까?"

두어 달 전 조심스럽게 정은이가 물었다. 함께 가지 못하리라고 생각했던 그녀에게서 나온 제안이라 이경은 기쁨을 감출 수 없었다. 악화되던 건강이 합창 덕으로 많이 회복되었다고 웃는 환한 미소 속에서 예쁜 덧니가 드러났다. 항상 무언가에 기대서야 안심이 되는 그녀는 무대에 서는 시간이 불안한 모양이었다.

"물론이지, 정말 갈 수 있는 거야?!"

그녀는 하얀 이를 다시 드러내며 작은 소리로 말했다.

"그런데 짐이 될까 두려워서……."

말꼬리를 흘리며 그녀가 이경이의 표정을 살폈다.

"짐이 되면 그땐 짐칸에 타구 가면 되지 뭐!"

이경이가 농담을 던지자 누가 먼저라고 할 것 없이 크게 소릴 내어 웃었다.

G카운터 근처는 친구들 속닥이는 소리로 가득했다. 연습하느라 그렇게 자주 만났어도 아직 할 애기가 이리 많은 걸까.

기다리던 사람 중에 하나, 지원이가 다가오고 있었다. 관절염을 앓아 조금은 불편해 보이는 걸음걸이로 멀리서도 그녀를 쉽게 알아볼 수 있었다. 아직도 옛날 식 주택에서 까다로운 시어머님을 모시고 산다는 풍문을 들었다. 이번 여행이 일생 처음으로 떠나는 해외여행이라지. 오늘따라 말끔한 옷차림에 미용실을 다녀온 모양인지 머리도 색다르게 손질해 상큼해 보였다. 키가 크고 훤칠한 청년이 가방을 들고 함께 따라와 섰다.

"우리 아들이야."

지원의 환한 웃음 속엔 대견함과 자랑스러움이 묻어났다.

"아니 이런 멋진 아들이 있었어?"

가방을 내려놓고 목례를 한 후 사라지는 청년의 뒷모습에 잠시 눈길을 주던 이경이 말에 지원이가 수줍은 웃음을 풀어내었다.

이제 남은 친구, 현우만 오면 버스 하나에 가득 채울 수 있는 인원들이 전원 출석이었다.

이번 여행 준비 중 여러 사람들이 이경이 간담을 서늘하게 한 셈이었는데, 그중 현우가 오늘 같이 갈 수 있음은 축복 중에 축복이었다. 얼마전 친자식 같은 막내 동생에게 췌장암 말기라는 벼락 같은 진단이 내려졌다고 했다.

이번 프로그램 중에 제일 중요한 역할을 맡은 현우가 못 가게 될지도 모른다는 전화는 이경에게 큰 낭패였다. 어렸을 적부터 몰락한 집안의 가장 노릇을 한 현우였다.

병원으로 가 현우를 만나려던 날 가기로 결정했다는 현우의 전화를 받았다. 막내 동생이 고생만 했던 누나가 합창 여행을 떠나지 않으면 치료를 받지 않겠다고 버티었다는 것이다. 그리고 어디를 가든 건강한 자기 모습만을 기억해달라고 당부했다며 현우는 목이 메어 말을 잘 잇지 못했다.

마음이 아프면서도 얼마나 가슴을 쓸어내렸던지. 합창단원 모두가 소중했지만 현우가 맡은 역할은 누구도 소화할 수 없는 것이기 때문이었다. 주현이만큼 정열이 가득한 현우. 그녀의 전직인 국문학 강의는 얼마나 흥미진진했을까. 약속시간이 조금 지나서야 그녀가 왔다. 누가 봐도 호감이 가는 얼굴엔 화장기 하나 없었다. 모자를 푹 눌러쓰고 편안한 옷차림으로 나타난 현우가 휠체어를 밀어주며 무슨 소릴 했는지 정은이 웃느라고 정신없었다.

가까운 일본이지만 장거리 여행을 가는 사람들처럼 모두가 홀가분해 보였고 즐거움을 참지 못하는 얼굴들이었다.

나이 들어 함께 어디로 떠나는 일은 쉽지 않았다. 자신이나 가족들이 여러 가지 지병으로 어려움을 겪고 있는 경우도 많았다. 이경이 자신도 두어 달 전 급작스러운 복막염으로 입원을 해 많은 사람들을 걱정시켰다.

음악을 전공했던 이경이 합창 지휘를 처음 맡은 것은 거의 십 년 전이었다. 여고를 졸업한 후 환갑이 다 되어 처음 만난 친구들은 낯이 설었다. 사십 년이란 어마어마한 세월에 엄마들이 되어서 또는 할머니가 다 되어 만났으니 그럴 수밖에 없었다. 합창제는 동창들을 다시 만나게 하는 좋은 구실이 되었다. 만나자마자 얼굴을 알아볼 수 있던 친구도 있었고, 세월 탓에 못 알아본 친구들도 많았다. 그러나 시간이 가면서 그 변모한 얼굴에서 옛날 얼굴이 튀어나오고는 했다.

"우리 없으면 지가 어디 가서 지휘를 해봐?"

누군가가 이경의 노고를 치하하려면 주현이 대뜸 농담으로 모두를 웃겨놓았다.

시름을 집에다 내려놓고 나오는 것일까. 노래하는 친구들 대부분은 밝고 긍정적이었다. 게다가 합창제에서 큰 상을 받으면서 친구들의 일체감이 더욱 단단한 울타리를 만든 것이리라.

같이 노래하던 친구 중에 지금 이 세상에 없는 친구도 있었다. 합창제에 끝까지 남아 노래했던 그 친구. 남들에게 동정을 받기 싫다고 이경이한테만 말기 암이라 얼마 살 수 없음을 알려줬던 친구. 그해 입었던 유니폼, 하얀 블라우스에 분홍 머플러를 둘러쓴 그 애 얼굴은 화사했었지……. 환한 얼굴로 그녀는 있는 힘을 다해 노래를 불렀으리라. 지상에서 마지막 부를 노래에 혼신의 힘을 다하지 않았겠는가. 그때 불렀던 노래 주제가 '사랑'이었지. 그리고 몇 달 뒤 그 친구는 악화된 병세로 세상을 하직했다.

해마다 다르게 변하는 이경 자신의 모습, 그리고 친구들 모습. 눈앞에서 급속히 사라지고 있는 시간. 조급해진 것일까. 가당치도 않은 자신감에 부푼 것일까. 이젠 해외 합창제마저 감히 진출하고 있는 것이다.

바로 앞자리에 앉은 현우와 정은이가 도란도란 말을 주고받다 웃음을 터뜨렸다. 동생 걱정이 많을 텐데 현우가 웃을 수도 있구나. 안심이 되면서도 옅은 한숨이 이경에게서 흘러나왔다. 눈이 보이지 않는다고 불평이 느는, 점점 괴팍해지는 남편의 짜증스러운 얼굴이 문득 떠올랐다. 비행기를 처음 탄다는 지원의 웃음소리가 뒷자리에서 들려와 이경은 근심에서 벗어날 수 있었다.

도쿄의 사월 하늘은 투명했다. 벚꽃은 막 진 모양이었고 겹벚꽃들이 길거리를 환하게 장식하고 있었다. 이국이라는 데서 오는 긴장감이었을까. 동경 한복판에 있는 아사쿠사 절 안으로 들어가며, 이미 나리타 공항에서부터 조심스러운 모습을 보이던 친구들이 말 잘 듣는 유치원생들처럼 통역을 맡은 친구의 지시를 따랐다. 하기야 미아가 되면 말도 안 통하는 나라에서 어찌하겠는가.

향을 얼마나 피웠는지 희뿌연 연기가 절 마당을 가득 메우고 있었다. 우물 모양으로 마당 한가운데 서 있는 건축물에서 연기가 퍼져 나왔다. 젊은이, 늙은이 할 것 없이 그 주위에 붙어 서서, 손으로 부채질해 가며 연기를 쐬고 있었다. 모두 진지한 모습들이었다. 얼마나 많은 염원들이 저 연기 속으로 스며든 것일까.

절을 나선 친구들은 기다란 골목에 즐비하게 늘어선 기념품 가게를 기웃거리기도 했고, 군밤이나 당고를 사들고 와서 만날 장소에 이미 와 있는 다른 친구들에게 나누어주기도 했다. 요코하마에 도착한 시각은 길거리가 어둑해서였다.

호텔은 이미 여러 나라에서 온 합창단원들로 북적이고 있었다. 수수한 옷차림의 일본 노인들이 버스에서 내렸다. 수많은 합창단들이 하룻밤만 지나고 나면 그동안 준비해온 노래들을 뽐내는 기회가 온 것이었다.

'다 늙은 몰골로 사람들 앞에 나서면 손가락질 받아요.' 하며 합창단 이야기에 질색을 하던 다른 친구들의 목소리가 들리는 것 같았다. 그렇게 보면 호텔 로비 안은 손가락질 받을지 모르는 세대들로 가득 차 있는 셈이었다.

호텔 방에서 내려다본 야경은 눈이 부셨다. 커다란 페리스 윌이 조명을 받고 돌아가며 밤 하늘을 화려하게 수놓고 있었고 그 아래로 검

푸른 밤바다가 보였다.

이경은 가방에서 연주복을 꺼내 잘 펴서 걸어
놓았다. 몇 달 전부터 이 한복을 맞추러 동대문
시장을 오가던 생각에 피식 웃음이 났다. 이 멋
진 옷이 동대문시장 작품이라고는 아무
도 모를 것이라는 생각이 들어서였다.

　"검은 실크로 해주세요……. 치마 밑은 스란으로다가
금박이를 넓게 박아 붙여주시고, 폭은 열두 폭으로 넓게
해주시고, 윗저고리는 옛날 식 전통으로 하되 가슴 윗
부분에다가 꽃을 하나 수 놓아주시고, 뒷부분에도 꽃
두 개를 수 놓아주시고요. 큼지막한 붉은 헝겊 노리
개를 여기다 달고……."

　암 투병 중인 남편을 두고 쫓아 나와 이경은 제쳐놓고 가게 주인한테
혼자서 주문을 해주던 주현이. 눈썰미가 얼
마나 좋은지 가게 주인도 그저 주현이 하자는
대로 따라주었다. 주현이는 무서운 어머니를 피
해 시집을 갔다고 했다. 아홉 살 연상의 남편을 따
라 집에서 도망 나오다시피 한 어린 신부 주현이,

　주현이 노랫소릴 처음 들은 날 이경은 입을 다물 수 없었
다. 그녀의 노래 수준은 가수 이상이었다. 이경을 놀라게 한 것은 노래
뿐만이 아니었다. 그녀가 알고 있는 미술, 문학, 철학 아니 많은 분야의
실력은 누구도 따라올 수 없는 높은 경지에 있었다. 게다가 유머 감각

까지. 어떤 직업을 가졌더라도 크게 성공했을 친구였다.

모교 합창제에서처럼 이번 연출도 자연스럽게 그녀가 맡았다. 음악은 이경이 책임졌어도 그녀의 기발한 아이디어는 누구도 따라갈 수 없었다. 이번에 등장하는 뱃사공이며, 한삼이며…… 다 주현의 아이디어였다. 이경은 황혼 무렵의 호사처럼 여행을 떠난 친구들 중 누구에게도 집에서 긴급한 연락이 올 상황이 없기를 남몰래 기도했다.

공연 날 아침이 밝았다. 아침 식당에서 만난 친구들은 말끔한 옷차림 탓인지 한 십 년은 더 젊어 보였다. 잠이라도 잘못 자고 난 날이면 십 년을 더 웃돌아 보이다가도 좋은 날이 오면 나이보다도 훨씬 젊어 보이는 나이들이 된 것이다. 협곡에 양팔을 얹어놓은 것처럼 위태한 나이.

웃음꽃이 사방에서 피어났다. 저만치 친구들 속에서 환하게 웃고 있는 지원이가 눈에 띄었다. 편안한 잠자리에 풍요로운 음식이 그네들을 더욱 행복하게 한 것일까. 행복이란 것이 그리 대단한 것이 아닌 모양이다.

아침 개막식에 극장 로비에 모인 친구들은 조금씩 긴장하고 있는 눈치였다. 마침내 총책임자의 개회 선언이 있은 후 전원이 일어나 '세계의 평화' 라는 노래를 합창했다.

"세계의 평화를 위하여 우리가 할 일이 많지 않은가……."

빠르고 경쾌한 노래가 홀 안에 울려 퍼졌다. 태평양전쟁을 일으킨 장본인들의 후예와 대만, 중국, 한국 참석자들이 함께 부르는 평화의 노래가 야릇한 여운을 안고 울려 퍼졌다.

목소리에 상냥함이 묻어나는 일본 사회자가 나와 처음 등장할 합창단원들을 소개했다. 무대에 올라서는 사람들 중에는 어깨가 앞으로 굽은 노인들도 있었고 아직은 중년처럼 보이는 노인도 더러 있었다. 목소리가 제일 늦게 늙는다고 했던가. 혼성팀에서 나온 합창 소리는 격랑 없이 수려한 강가를 맴돌아 나오는 강물처럼 흘러나왔다.

문득 어깨가 구부정한 노인 옆에 서 있는 이에게 시선이 갔다. 정은이처럼 혼자 몸을 지탱하기 힘든 모양이었다. 진지한 모습으로 두 손에 단장을 꼭 움켜쥐고 서서 열심히 노래 부르고 있는 노인을 보다가 울컥 목이 메었다. 자그맣고 아담한 체격이 몇 해 전 돌아간 어머니를 많이 닮아 있어서일까. 굽은 허리를 끌며 하루 온종일 잠시도 쉬지 않고 움직이시던 어머니. 말년엔 허리가 많이 아파 몹시 고통스러워하셨지. 이젠 꿈에도 자주 보이지 않는 어머니.

모두 어떤 길을 걸어 여기까지 온 것일까. 젊었을 때엔 도저히 느낄 수 없었던 동년배에 대한 연민이 찡하게 다가왔다.

오전에 자유 시간이라서 들을 사람은 남아서 더 듣기로 하고, 이경은 호텔 방으로 돌아와 악보를 들여다보았다. 그리 어려운 곡은 없었다. 아, 빠른 곡에 리듬이 까다로운 곡 하나가 있었지. 〈맘마미아〉. 이걸 처음 합창단원들에게 소개했을 땐 모두 고개를 좌우로 흔들었다.

〈맘마미아〉의 가사 속에 수없이 반복되는 단어, 후회. 껄껄껄 하다가 죽는다는 버나드 쇼의 말처럼 후회가 잦아진 나이가 된 친구들. 얄밉게 사람들을 괴롭히는 이 단어가 주는 중압감이라도 덜어보려는 것이었을까. 친구들은 이 노래 도전장을 받아들였다.

빠른 템포에 엇박자가 많은 이 곡은 나이 먹어 순발력이 떨어진 사람들에게는 쉽지 않은 곡이긴 했다. 성악 전공자 하나 없는 이경의 팀은 모두 아마추어였다. 쉽게 편곡한다고 했지만 여전히 어려운지 몇 달 동안 애를 태웠다. 하지만 이젠 악보도 없이 제법 잘하게 되었질 않은가. 연습, 또 연습. 지난 몇 달 동안 열심히 노력한 만큼은 되어야 하는데…….

서울 양재동 연습 장소는 늘 파티와 같았다. 즐거움을 찾으러 오는 듯, 친구들은 서로를 격려해가며 웃음바다를 만들곤 했다. 매번 연습 때마다 경쟁하듯 떡을 해온다, 간식을 해온다, 손자 자랑했다고 떡을 해오는 친구가 있나 하면, 혼사가 있어 한턱을 낸다……. 서로가 서로를 위해 조금씩이라도 보태주고 싶어 몸살을 앓았다.

요코하마 항구가 내려다보이는 미술관 상층의 연습실은 단아했다. 천장이 높고 길게 놓인 방은 바다를 내려다보고 있었고 한 끝에 그랜드 피아노가 있었다. 연습 시간은 30분. 이경이 입이 바짝 마르기 시작했다. 그렇구나. 이게 바로 무대 공포라는 것이리라.

겨우 한 번 연습하고 나자 분장할 사람들은 먼저 자리를 떠야 했다. 긴장된 이경의 모습 탓이었을까. 모두 손가락 하나 움직이지 않고 이경에게 시선을 모았다. 노래하는 모습을 지켜보던 일본인 참가자가 익숙한 자신의 나라 노래가 나오자 미소 가득 머문 채 조심스럽게 다가와 입을 모았다. 두 나라가 노래로 하나가 되는 순간이었다.

모두 집중한 탓인지 연습 결과는 만족스러웠다. 고질적으로 골탕 먹이던 〈맘마미아〉 한 대목도 무사히 지났다. 연습 기간 동안 감정이 풍부해 기회만 닿으면 뛰쳐나와 솔로를 마다 않던 친구는 눈물이 글썽한 채 다가와 이경을 끌어안았다.

"울어버린 거 있지. 너의 진지해진 표정에……."

울먹이는 친구를 보면서 이경이도 눈시울이 뜨거워졌다. 마치 대단한 예술가라도 된 기분이었다.

호텔로 돌아와 허겁지겁 옷을 갈아입고는 공연장소 로비에 들어서던 이경은 새삼 놀랐다. 형형색색의 한복을 입은 친구들 모습을 무슨 말로 표현할 수 있겠는가. 어쩌면 이렇게 멋진 색깔들을 고른 것일까. 지나가던 사람들이 발걸음을 멈추고 '기래이~'를 연발했다. 모두들 양반집 마님들처럼 곱고 우아했다. 어우동 모자를 쓴 기녀 둘 역시 품위를 지니고 있었다.

이제 곧 마지막 연습을 위해 상층으로 올라가는 시각이었다. 분장하고 나타나야 할 몇 사람들이 아직 눈에 띄지 않았다. 시각을 지체할 수 없어 올라가 마지막 연습을 할 홀에 들어섰다. 아직 도착하지 않은 사람들을 제외하고 연습을 해야 했다. 조금은 어수선한 분위기 탓이었을까. 미술관에서 틀리지 않던 곳이 틀려 누군가 우려의 목소릴 내었다.

"잘될 거야. 걱정 마."

불안감을 누르며 이경이 친구들을 안심시켰다.

공연을 위해 무대 뒤로 연결된 엘리베이터로 이동하려고 하는데 분장하느라 늦은 몇몇이 허겁지겁 왔다. 남장한 친구, 활옷을 입은 친구, 사모관대 차림의 신랑 옷으로 갈아입은 친구, 박을 들고 쪽을 찐 친구. 현우만 보이지 않았다. 혹시 동생에게 무슨 소식이라도……. 이경은 혼

자서 가슴이 철렁했다.

"김 상데스까?"

이경이하고 이메일로, 혹은 중개인을 통해 연락하던 총책임자인 요시다 상이었다.

"이 합창단에선 생기가 넘쳐 나는군요."

듣기 좋은 찬사였다. 등을 두드리며 잘해보라는 응원의 목소리였다.

그제야 현우가 하얀 도포를 입고 나타났다. 손에는 초롱을 들고, 기다란 노를 들고. 복도 안에 잠시 소용돌이가 일다가 가라앉았다. 이경의 입에서도 저절로 안심하는 한숨이 흘러나왔다. 이경은 현우의 손을 꼭 잡았다. 현우도 힘주어서 손을 마주 잡았다. 이심전심이었다.

이제 공연 시각이 코앞에 다가와서인지 엘리베이터 안은 숨소리조차 들리지 않는 것 같았다.

무대 뒤에서는 흰색 유니폼을 입은 한 팀이 아직 출연하지 않고 기다리고 있었다. 화려한 이경의 팀이 도착하자 무대 뒤가 술렁였다.

이경의 신경은 이제 무대 중앙에 놓인 피아노에 쏠렸다. 피아노 이동은 절대 안 된다고 규정을 해놓았다는 통지가 왔을 때 이경은 당황했었다. 출연 팀을 전혀 고려하지 않는 규칙이라고 혼자 흥분도 했었다. 규칙을 풀어달라고 미리 연락은 했지만 이 사람들이 그걸 기억하고는 있는 것인가.

"요시다 상 보십시오.

두 가지 이유로 피아노를 옮겨줄 것을 요청합니다.

첫째는 우리가 노래하려는 메들리에는 중간에 몇몇이 앞으로 나와 움직여야 합니다. 움직여야 할 공간이 필요합니다.

둘째, 멤버 중에는 어질병이 있어서 피아노에 기대어 서야만 하는 사람이 있습니다."

이렇게 편지를 띄워 미리 요구 사항을 전했었다. 단체행동에서 튀는 행동은 되도록 하지 않는다는 일본 국민성에 비하면 이경의 요구가 너무 지나친 것일까.

그러나 흰옷 입은 팀이 합창을 끝내고 무대에서 나가자 남자들 서너 명이 나가 피아노를 옮겼다. 안심이 되면서도 이경의 심장박동이 빨라지고 입안이 타는 듯했다.

합창 팀은 무대 양면에서 입장하기로 했다. 연습을 충분히 해서인지 당황하는 사람 하나 없이 모두들 질서 있게 제자리를 찾아 섰다.

"배꽃팀을 소개합니다. 모교 합창제에서 발전하여 작년엔 구라파 합창제를 다녀오고 이번이 두 번째 해외원정이랍니다. 오늘 부르실 곡은 메들리 형식입니다. 다 끝날 때까지 박수는 사절이랍니다. 제목은 '사계'입니다. 먼저 〈봄의 세레나데〉와 〈꿈〉 두 곡을 부르게 되고, 여름엔 〈뱃노래〉, 가을엔 〈이별과 후회〉, 겨울에는 〈회상〉. 이상입니다. 여러

분 바다를 건너온 배꽃팀을 반겨주십시오."

박수가 쏟아져 나오다가 잦아들 무렵이었다.

"탁~!!"

쪽을 틀어 올리고 연두색 치마에 꽃분홍 조끼를 입은 친구가 박을 들고 나가 시작을 알렸다. 국악 관현악단의 시작을 알리는 데 쓰이는 나무판대기 여럿을 아코디언처럼 만든 악기, 박. 청중석을 향한 둔탁한 소리는 시작을 알리기에 충분했다. 박수가 다시 터져 나왔다.

갓을 쓰고 푸른 도포를 입은 주현이가 오른쪽 무대에서 초롱을 들고 나왔다. 그 뒤를 바짝 붙어 활옷을 곱게 차려입은 신부가 나왔다. 외국서 살며 친구들을 그렇게나 그리워하다가 머나먼 미국에서 합창대회를 위해 날아온 친구였다.

주현이가 거들먹거리며 연극적으로 입장하는 모습에 사람들이 환성을 지르며 재미있어했다. 왼쪽에선 흰 도포에 삿갓을 쓴 현우가 사모관대 쓴 신랑을 뒤에 세우고 초롱을 들고 등장했다. 그렇게 해서 신랑과 신부가 한가운데서 만났다.

대부분 파스텔 톤인 합창단원들의 한복이 갈색 나무 톤으로 된 무대를 무지개처럼 채색하며 합창대를 메우기 시작했다. 신랑 신부가 무대 중앙에서 맨 위에 단까지 걸어 올랐다. 신부의 활옷 뒷면은 화려하고 아름다웠다. 그 면을 잘 보이도록 배려한 연출가, 주현의 섬세한 아이디어였다.

이윽고 이경이 빠른 걸음걸이로 나타나 청중을 향해 인사를 하자 박수가 터져 나왔다.

178

일본인들이 사랑하는 〈해변의 노래〉를 합창단원들이 허밍으로 노래하기 시작할 때 합창단원 하나가 유창한 일본어로 시 낭송을 했다.

처음부터 예고된 길은 없습니다.
바람에 흩어진 꽃씨처럼
서로의 영토는 달랐지만
모두가 운명 같은 길을 따라서 흘러갑니다.
푸른 달빛을 안고 날아가는 기러기 떼처럼
허공에 흩어진 그 길을 따라서
우리는 지금 이곳까지 왔습니다.
……
(이형권의 시 〈달밤에〉 중에서)

허밍이 끝나자 숙연해졌던 청중은 다음 곡인 〈걸어서, 걸어서 요코하마〉라는 노래를 부르는 도중에 박수를 쳤다.

걸어서, 걸어서 왔네.
우리네 가슴속에 담아놓은 이야기를 나누고 싶어
바다를 건넜네, 불루라이토 요코하마…….

몇 마디 번안된 소절로 짧게 토막을 내어 노래했지만, 일본인들에게 더욱 친숙한 노래라 저절로 박수를 치지 않을 수 없었던 듯하다.

〈봄의 세레나데〉에 이어 〈꿈〉이라는 노래의 경쾌함은 분위기를 들뜨게 하기 좋은 노래였다.

꿈이라면 되네…….
아무런 꿈인들 어떤가.
꿈을 가지시게.
그리하여 풍선에 매달고 올려보는 것이라네.
초록색, 청색, 붉은색, 노란색…….
아무 색이면 어떤가.
꿈을 가지시게나.
슬픔을 지울 수 있는 꿈.

한여름이 되어 이젠 한국민요 〈뱃노래〉를 할 차례가 되자 징을 든 주현이가 나와 덩실덩실 춤을 추며 징을 치기 시작했다. 현우는 어느새 도포를 벗고 피아노 밑에 미리 두었던 노를 꺼내 들더니 머리에 수건을 맨 사공으로 변신해서 노를 젓기 시작했다. 빠른 템포가 나오자 더욱 빠르게 손놀림을 하며 온몸으로 노 젓는 현우. 죽어가는 동생을 생각하며 기도하는 마음이었을까.

뱃사공과 푸른 도포의 징 치는 사람, 박을 들고 나와 물결 소리를 내며 춤추는 세 사람의 뒤에 있는 무대는 약속대로 흰 물결을 이루고 있었다. 합창단원들이 어느새 깃 속에 숨겨놓았던 한삼을 손에 꺼내 들고 장단에 맞춰 하늘로 날리다 좌우로 흔들어 하나의 파도를, 돛을 이

뤘다.

"휘이, 휘이 물렀거라……. 서러움과 한이여, 저 멀리 파도 너머로…….

모두가 한마음이 되어 열심히 흔들고 있었다. 피아노 옆에 기대어 혼자 솔로라도 할 것 같은 자세로 선 정은이도 열심히 한삼을 흔들고 있었다. 고운 한복 속에 흩날리는 한삼들…….

한여름은 빨리 지났고 이제 가을로 들어섰다.

〈이별〉 노래 순서였다. 그 뒤를 이어 빠른 속도의 〈맘마미아〉가, 다음에 〈사랑의 옛 노래〉가 고요히 퍼진 후 드디어 겨울의 노래가 흘러나왔다.

아, 강물이 흐르듯
어느새 세월은 흘렀네.
끊임없이 지나가는
세월 속에서
우린 다만
저녁놀에 붉게 물든 것일 뿐.

합창이 끝나자 열렬한 박수가 터져 나왔다. 휘파람 소리가 이어지는 속에 사람들은 마침내 하나씩 둘씩 모두 일어서서 박수를 치기 시작했다. 열광적인 환호와 찬사 속에서 친구들은 육신을 버린 채 가벼운 오색의 풍선이 되어 하늘을 향해 위로, 위로 두둥실 올랐다.

기립박수를 받고 있던 그 시간에, 현우의 동생은 영면했다.

너무나 젊은 죽음이었다.

유쾌한 밤

"하하, 그때 생각나나?"

친구 내외들을 모아놓고 술잔이 오고 가며 칠순둥이 정 영감이 말했다.

"그때 저 마누라가 다른 걸 잡아채는 게 아니었어. 돈을 막 세어 미스 박에게 건네주려는데 웬 손이 내 돈을 홱 채가는 거야. 놀라서 뒤를 돌아다보니 도끼눈을 한 저 마누라 손이잖아. 그래 아이고머니나 하고, 자릴 박차고 줄행랑을 내뺐지."

"그래 그 여자는 어떻게 된 건가?"

김 영감이 웃음을 참으며 말했다.

"그야 내가 그 여잘 못 가게 꼭 잡았지요, 뭐."

정 영감 옆에 앉은 이방자 여사가 끼어들었다.

"저 영감이 그 여잘 앞에 두고 다방에 앉아 있는데, 난 그 여잔 눈에 안 들어오구 영감 손에 든 돈만 들어오는 거예요."

"그래서요?"

김 영감 옆에 앉은 차부자 여사가 동그랑땡 전 하나를 입에 넣으며 끼어들었다.

"그래서 돈을 낚아채고 나서, 일어나서 내빼려는 미스 박인가 뭔가 하는 여자를 보고 어딜 가는 거야! 하고 소릴 쳤더니 그 여자가 풀이 죽어서 도로 제자릴 주저앉는 거예요. 손이 덜덜 떨리고 이빨이 서로 아래위로 부닥쳐 무슨 욕을 퍼부을라고 해도 나오질 않고 우두커니 고개를 푹 숙인 여자를 째려만 보고 있었다니까요."

"그래서 어떻게 하셨어요?"

박문자 여사가 이번엔 저 건너편에서 머릴 내밀며 묻고 있었다.

"씩씩거리면서 할 말도 없이 한참 노려만 보고 앉아 있는데 미스 박이 고개를 숙인 채 개미만 한 목소리로 말했어요. 화장실 가두 되냐구요. 그러니 어쩌겠어요. 가방은 놔둔 채 나가길래 돌아오겠지 했지요. 그런데 뒷문이 있는지를 어찌 알았겠어요. 아무리 기다려도 오질 않는 거예요."

모두의 시선이 이방자 여사에게 고정되었다. 정 영감만 그저 멋쩍은 웃음을 입에 매달고는 소주잔만 기울이고 있었다.

"그래서요."

박 여사가 재촉했다.

"그래서 어떻게 해요. 그 여자 가방을 들고 집으로 돌아오문서 내가 저 영감하구 사나보라고 이를 갈며 돌아왔지요."

한바탕 웃음이 터져 나왔다. 취기로 얼굴이 잔뜩 불콰해진 정 영감이

184

이방자 여사를 곁눈질했다.

"그래 자넨 그날 우리 집으로 도망 왔었지 않은가."

오랜 세월 같이 지낸 불알친구 김 영감이 말했다.

고향 친구들의 모임이었다. 개성이 고향이라 돌아갈 수 없는 실향민들이 한 달에 한 번씩 수십 년을 만나온 터였다.

"근데 아직도 저 영감하구 함께 사니 이게 웬일인지 나도 몰라요."

또 한바탕 웃음바다가 되었다.

박문자 여사가 옆에 앉은 그녀 남편 최 영감을 흘깃 보면서 입을 열었다.

"그리고 보면 저도 저 영감하구 헤어지고 싶을 때가 한두 번이 아니지요."

이젠 최 영감이 눈을 아래로 깔며 마누라 눈치를 살폈다.

"저 양반 해외출장 갈 때마다 가방에 '바람 피시오.' 하구 콘돔을 챙겨 넣어준 요런 알뜰한 마누라였지요, 내가……."

이방자 여사가 눈웃음을 치며 박문자 여사를 바라다보았다.

"그럴 때마다 저 영감 뭐래는 줄 알아요? 내가 무슨 바람쟁이인 줄 아나? 하이고, 저 양반 큰소릴 펑펑 치지 뭡니까!"

최 영감이 눈을 흘기며 웃었다.

"내가 언제 그랬다고 그래."

허리가 앞으로 꾸부정한 영감이 젓가락질만 하고 있었다.

찬을 들고 들어온 일하는 여자가 믿기지 않는다는 표정으로 최 영감 대머리를 흘끔 바라다보곤 나갔다.

"그런데 고 알뜰한 마누라인 내가 요런 영악한 짓을 했던 건 아직도 모를 거야, 당신."

이젠 박문자 여사가 최 영감을 향해 눈을 흘기며 웃었다.

"무슨 일을 하셨는데요?"

이방자 여사가 이번엔 재촉하고 있었다.

"내가 콘돔 한두 개에다가 나만 아는 표시를 내서 살짝 집어넣은 걸 당신 몰랐었지?"

허스키한 목소리 박 여사가 그렇게 말할 때 최 영감의 눈이 잠시 커지는 듯했다.

"저 양반 아직까지 몰랐을 거라. 콘돔에다가 표낸 것두 모르고······ 콘돔은 말짱 새것들로 가지고 돌아왔더라니까요!"

"와하하하~!"

함께 터뜨린 웃음소리가 방 안을 가득 채웠다.

"한동안 저 양반허구 헤어져야지, 때만 기다리다가 여기까지 왔다니까요. 나도 몰러요, 왜 아직 저 영감허구 사는지······."

잠시 눈에 불을 켜던 박문자 여사도 결국은 웃음을 터뜨리고 말았다.

이제 모두 기력도 떨어지고 머리도 새하얀 할아버지 할머니들의 대화였다.

이제껏 남의 얘기만 듣고 있던 길 영감이 끼어들었다.

"나도 위기가 있었네."

모두의 시선이 길 영감한테 쏠렸다.

"언젠가 유럽 출장을 갔다 돌아왔는데, 마누라는 안 보이고 웬 딴 여자가 손을 흔들며 반가워하는 걸세. 이게 누군가 했더니 아, 글쎄, 나 없는 사이에 눈을 큼지막하게 파서 생판 모르는 여자가 되어 있지를 않은가."

쌍꺼풀이 움푹 파인 구길자 여사가 웃느라고 정신이 없었다. 잠시 구길자 여사 눈치를 보던 모두가 구 여사가 웃는 바람에 또 한바탕 웃음바다가 되었다.

잔이 오고 갔다.

"정 영감 내외를 위하여~!"

"아니 우리 모두를 위하여~!"

술잔 부딪치는 소리가 났다.

"자넨 그런 일이 없었던 게야?"

김 영감이 테이블 맨 끄트머리에 웃고만 앉아 있던 내외에게로 시선을 돌렸다.

추 영감이 웃고만 있는 사이, 김순자 여사가 입을 열었다.

"우리 집 친정어머니 말이 항상 떠올라. 이혼 생각은 별로 안 해봤지만요, 내가 한번 혼내준 일은 있지요. '남자들 집 나가면 네 남자 아니다.' 이렇게 교육을 받다 보니 그리 신경을 쓰는 편은 아니었지만, 하루는 사무실이 이전해서 보따리가 배달되어 왔어요. 그 짐을 정리를 하는데 웬 낯선 필름이 나오는 거예요……."

"아, 여보 그 얘길 꼭 해야겠어?"

추 영감이 말리려는지 마는지 모르게 작은 소리로 말했다.

"사진 필름이었지요. 여기저기 체크한 게 보이는데 햇볕에 비춰 보니

까 웬 모르는 여자들이었어요. 옳거니, 영감을 곯려줄 목적으로 큼지막
하게 현상을 해왔지요."

모두 김순자 여사의 말에 귀를 기울였고 추 영감은 이미 포기한 듯
웃음을 가득 머문 채 듣고만 있었다.

"여럿이서 짝들을 맞춰서 남한산성을 갔었더라고요."

영감들이 서로 눈을 마주치며 웃음 가득한 눈길이 오고 갔다.

"하루는 찾아온 사진들을 퇴근 시간에 맞춰서 거실 소파 위에 쫙 펴
놓았지요."

소주를 한잔 들이켜며 추 영감이 마누라 얼굴을 쳐다보았다.

"퇴근해 들어오는 영감보고, 당신 남한산성에 놀러 갔었어? 했더니
대답이 뭐래는 줄 아세요?"

잠시 숨을 멈췄던 김순자 여사가 말을 이었다.

"아니……. 요렇게 간단하게 나오는 거예요. 그래? 두고 보자 하는
마음으로 현관에 들어서는 저 영감 손을 붙들고 사진 진열 장소로 모셨
지요."

숨을 죽이며 사람들이 김순자 여사의 말을 기다렸다.

"에그그그, 남편이 자지러지며 사진 치우느라 바쁘더라고요."

모두들 배꼽을 쥐며 웃느라 정신없었다.

잔칫상 맨 끄트머리 앉아 있던 진 영감이 한참 웃더니 당신도 할 얘
기가 있는지 끼어들었다.

"아, 사진 얘기라면 우리 집에도 있지."

팽정순 여사가 눈을 똥그랗게 뜨고는 무슨 얘기를 하려고 드느냐는

표정으로 진 영감을 올려다보았다.

"저 마누라허구 당장 헤어질 만한 사건이 우리들한테도 있었다네."

팽 여사가 남편 팔을 잡고 늘어지며 말리는 시늉을 하였다.

"팽 여사, 바람이라도 피셨어요?"

정 영감이 팽 여사를 바라다보았다.

"아니, 그런 건 아닌데……."

손사래를 치며 팽정순 여사가 부인하였다.

"그런데 뭘 그러세요. 놔둬요, 진 영감 말 좀 하게. 인제 내일 모레면 죽을지도 모를 판인데, 다 털어놓게나."

팽정순 여사가 수그러들자 진영감이 말을 이었다.

"마누라가 친정엘 갔을 때일세. 아마 사십대 후반이었을걸. 무얼 찾다가 장롱 속에서 뭔가를 꿍쳐놓은 보따리가 있는 거라. 생전 보지 못한 물건이라 호기심이 발동해 그걸 풀었지 뭔가. 그랬더니 대학 때 찍은 사진 세 장이 나오는 걸세. 나 아닌 다른 남자하구 찍은 사진들이더라고. 아, 이것 봐라 하고 더 뒤지니까, 맨 밑바닥엔 봉투가 누레진 편지 몇 통이 나오는 걸세. 게다가 편지 밑으론 신문 오린 것 몇 장도 보이는데, 나에 관한 얘기가 아니더라니까."

"누구 첫사랑 애인이라도 꿍쳐놓았던 것 아냐?"

최 영감의 말이었다.

팽정순 여사 고개가 아예 상 밑으로 기어들어갈 판이었다.

"맞아. 신문기사를 들여다보니까, '김 아무개, 외교부 차관보 승진.' 이렇게 쓴 걸 오려서 접어놓았더라니깐, 이 마누라가."

"그래서 어찌했는가?"

"그래 친정서 돌아오는 날, 안방 화장대에다 보따리째 떡하니 올려놓았지."

팽정순 여사 고개는 아예 자라목처럼 들어가 보이질 않았다.

"그랬더니 안방에서 하루 온종일 못 나오고 있는 거라……."

"그래서 어찌했는가."

최 영감이 재촉을 했던가.

"어찌하긴……. 하루 온종일 굶다 보니깐 배가 고파서 들어가서 소릴 버럭 질렀지."

"뭐라고 했는데?"

"밥해줄 거야! 안 해줄 거야?"

"………."

"그랬더니 고개를 떨구고선 이 마누라가 방구석에서 살살 기어 나오더라고……."

또 한바탕 웃음꽃이 터졌다. 팽정순 여사가 그제서야, 고개를 빼들고 환히 웃기 시작할 때 진 영감이 다시 소릴 내었다.

"아, 다른 사람은 다 웃어도 당신은 웃어선 안 돼, 아직도!"

모두의 웃음소리 속에 그 소리가 파묻혀 팽정순 여사 귀에만 들렸을 것이다.

유쾌한 밤이었다.

민선기

나는 천천히 몸을 폅니다.
가로등 불빛을 받은 내 하늘빛 블라우스가 환해집니다.
나는 그렇게 몸을 펴고 당신이 다시 한 번 내 쪽을 바라보기를 기다립니다.
색을 잃은 하늘 대신 하늘색 블라우스를 입은 나를 바라보기를 기다립니다.

. . .

충남대학교 불어불문학과를 졸업하였다.
1995년 경향신문 신춘문예에 〈빙괴〉가 당선되어 등단하였다.
장편 〈나무뿌리는 겨울을 향해 깊이 가라앉는다〉를 출간하였고, 중편 〈나비의 꿈〉,
〈카메라 옵스큐라〉, 단편 〈드라마처럼, 그리고〉 등을 발표하였다.

곰과 여우

이 교장은 옷을 챙겨 입으면서 마음이 편치 않았다. 결혼을 한 딸이 처음으로 초대하는 자리였다. 결혼을 하더라도 절대 직장을 놓지 말라고, 그래야 평등하게 살 수 있다고 신신당부를 했건만 결혼을 결정하자마자 사표를 내고 들어앉은 딸의 행동은 아무리 생각해도 못마땅했다.

"하기야 걔는 클 때부터 내 말을 듣지 않았어."

거울을 보던 이 교장은 그렇게 중얼거렸다. 사실 딸은 마음같이 커주지 않았다. 이 교장은 어려서부터 늘 '여자는 태어나는 것이 아니라 만들어지는 것'이라는 말을 가슴에 깊게 새기며 살았다. 자신을 보아도 그것은 맞는 말 같았다. 앉으나 서나 '여자라는 건 말이다'라는 말밖에 하지 않았던 친정아버지의 교육에도 불구하고, 평교사에서 교장의 자리까지 오른 것은 오직 자신을 여자이기 이전에 인간으로 생각했기 때문이었다. 그런 이 교장이 딸에게 구시대적인 교육을 시켰을 리는 없었다. 이 교장은 딸아이에게 '여자라는 건 말이다'라는 말을 해본 적이 없었다. 장난감도 사내아이들의 전유물인 칼이나 총을 인형과 같이 사주기도 하고, 치마보다 움직이기 편한 바지를 더 많이 입히곤 했다. 여자보다는 한 인간으로 만들기 위해.

그러나 그것은 이 교장의 생각뿐이었다. 딸은 치마도 꼭 레이스가 주렁주렁 달린 걸 입고 싶어 했고, 머리에도 머리띠나 머리핀을 몇 개씩 색색으로 얹고 다녔고, 장난감도 칼이나 총은 질색한 채 인형만 갖고 놀았다. 그리고 하는 짓도 어찌나 애교스러운지 천생 여자 그 자체였다.

회사에서 돌아온 남편과 함께 이 교장은 딸의 신혼집으로 향했다. 현관에서부터 이 교장은 마음이 상했다. 딸이 물 묻은 손을 앞치마에 부비며 나와 한다는 말이 "그이는요. 샤워 중이거든요"라고 말하는 것이었다. 이 교장은 땀이 송송 나 있는 딸의 이마를 보며 한가롭게 샤워나 즐기는 사위에게 울화가 치밀었다. 하기야 대학원까지 공부한 딸아이를 안방에 들어앉히는 걸 보면 앞으로 볼 일도 젊은 애들 말대로 뻔할 뻔 자였다.

그러고 나서도 이 교장의 눈에 띄는 것들은 온통 못마땅한 것들뿐이었다. 직접 디자인했노라고 자랑이 늘어지는 식탁보나 침대보를 봐도 저런 일이나 하라고 공을 들여 키웠나 싶어 혈압이 올랐고, 마련해놓은 가지가지 음식이 보기에도 먹음직스러운 것이 장시간 공을 들인 듯싶어 화가 났다.

"요리는 언제 배웠냐? 해놓은 걸 보니 최 서방 입맛이 까탈스러운가

본데 최 서방이 요리를 배우라고 하든? 바느질도 배우라고 하고? 왜 아예 현모양처 교육을 시키라지 그러냐."

"엄마도 참, 살림살이 잘하는 게 어떻다고 그렇게 비아냥거려요?"

그러나 식사를 시작하면서부터 이 교장의 마음은 조금씩 풀리기 시작했다. 사위가 턱하니 앞치마를 두르고 숟가락과 젓가락을 놓는 일은 물론이고 음식을 접시에 담아 식탁에 내놓고, 술잔을 준비하고, 냉장고 문을 열었다 닫았다 쉴 새 없이 딸을 돕는 것이었다. 어떻게 보면 딸이 더 문제였다. 시킬 때마다 '자기, 이거 해줄래? 저거 해줄래?' 어리광 섞인 코맹맹이 소리를 빼놓지 않는 것이었다. 이 교장은 자존심 없이 아양을 떨어대는 딸의 모습에 밥이 제대로 넘어가지 않았다. 식사가 끝나고 딸은 또 한차례 코맹맹이 소리를 냈다.

"자기, 나 너무너무 피곤한 거 있지, 그래서 말인데에……."

"알았어. 무슨 말인지……."

사위는 예뻐 죽겠다는 듯 딸의 코를 살짝 비틀어 쥐더니 설거지를 하기 위해 개수대로 갔다.

"자기, 너무너무 고마워서 어떡하지?"

딸의 코맹맹이 소리에 민망해서 이 교장은 황급히 거실로 나와 앉았다. 딸의 사근사근한 목소리가 주방에서 새어 나왔다.

"자기야, 설거지 끝내고 커피 먹을래? 자기는 블랙으로 먹으면 피곤이 풀린다고 했잖아."

"배알도 없는 거. 저러라고 그 어려운 공부를 했어?"

통통거리는 이 교장을 보며 같이 앉아 있던 남편이 피식 웃었다.

"우리 딸이 여우구만."

다음 날, 이 교장은 딸에게 전화를 걸었다. 어제 하는 양을 생각하니 분통이 터져 견딜 수가 없었다.

"너 공부를 더 하든가 새 직장을 알아보든가 해라. 젊은 애가 어디 그렇게 배알이 없냐?"

"왜? 내가 어쨌다고요? 우리 신랑이 하는 거 다 봤으면서……."

"신혼 때 그만큼 해주지 않는 신랑이 어디 있다니? 그렇게 아양을 떨어대는데. 조금만 지나봐라. 땀 뻘뻘 흘리는 마누라 두고 대낮부터 샤워나 하는 본새를 보니 너 대접받고 살기는 글렀다. 그러게 왜 사표를 내고 집에 들어앉아?"

그때였다. 딸이 냉큼 이 교장의 말을 자르며 끼어들었다.

"엄마는 알지도 못하면서……. 그 음식 최 서방이 만든 거란 말예요. 튀기고 지지고 볶느라고 땀을 얼마나 쏟았는데. 최 서방 취미가 요리인 거 엄마 모르죠? 웬만한 사람은 따라가지도 못한다구요. 창피하다고 말하지 말래서 안 했는데, 하여튼 나는 엄마가 말하는 남녀평등이라는 게 도대체 뭔지 모르겠다니까. 엄마는 평생 학교 갔다 와서 밥하고 살림하느라 정신이 하나도 없이 동동거리고 산 것을 남녀평등이라 생각해요? 나는 아양 떨면서 최 서방 다 부려먹는데……. 말 한마디에 천 냥 빚도 갚는다고 말 한마디로 살잖수? 엄마 생각에는 엄마랑 나랑 누가 더 남녀평등으로 사는 것 같아요?"

이 교장은 딸의 말에 어안이 벙벙해졌다. 잠시 후, 이 교장은 수화기를 내려놓으며 중얼거렸다.

"내가 남녀평등으로 산 거야, 아닌 거야. 도무지 아리송하네."

아내는 음악 감상 중

아내는 앞에 널린 옷더미를 바라보며 한숨을 푸욱, 내쉬었다. 화장대 커다란 거울에 비추어 보며 이것저것 갈아입은 지 거의 한 시간.

몇 번 고개를 갸웃거리던 아내가 드디어 널린 옷가지들을 들추다가 아이보리색 원피스를 집어 들었다. 가벼운 바람에도 살갗을 감고 돌 정도로 얇은 천이 철 일러 보였지만 춘식 씨는 입을 꼭 다물었다. 오늘이 보통 날이던가, 분위기에 맞는다면 한여름 옷이라도 입을 기세인 아내였다.

신을 신기 전, 아내는 엄숙한 표정을 짓고 아이를 앞에 세웠다.

"우리가 어딜 가는 거지?"

"오케스트라 연주를 감상하러!"

"그렇지. 떠들어야 돼, 조용해야 돼?"

아이는 무스를 발라 곱게 양 옆으로 빗은 머리를 좌우로 흔들었다.

"조용히 음악을 들어야 돼."

"그냥 듣기만 하면 돼나?"

"아니 음악을 들으면서 뭘 표현하는지 생각해야 돼."

"박수는 언제 치지?"

"사람들이 치면 따라서 쳐."

며칠째 음악회가 어떤 것인가, 지켜야 할 예절은 무엇인지, 일방적으로 아이를 가르치던 아내의 어투는 콘서트를 바로 몇 시간 앞에 두고 최종 점검단계인 문답형으로 바뀌었다. 대답이 만족스러운지 아내가 까만 슈트를 걸친 아이의 어깨솔기를 공연히 털어주었다. 반짝거리는 세 컬레의 구두, 춘식 씨 일가는 나란히 그것을 발에 꿰었다.

드디어 춘식 씨 전 가족의 거국적인 문화행사가 시작된 것이었다.

춘식 씨 가정에 일어난 이 작은 소동은 얼마 전 걸려온 전화 한 통에서 비롯되었다.

"여보, 바이올린 선생님한테서 전화가 왔는데 우리 현수가 오케스트라가 뭔지 모른다지 뭐야."

아내는 춘식 씨가 회사에서 돌아오자마자 큰일이라도 난 듯이 호들갑을 떨었다. 춘식 씨는 난감해졌다. 오케스트라를 모르다니. 하지만 춘식 씨가 걱정한 것은 그것이 아니었다.

모르면 즉시 알게 하라. 현장실습이 교육의 초석이다.

아내가 아이를 교육을 시키는 데 가장 주력하는 모토가 그것임을 아는 까닭에서였다.

춘식 씨는 점잖게 유치원 다니는 애라면 당연히 모를 거라는 주장을

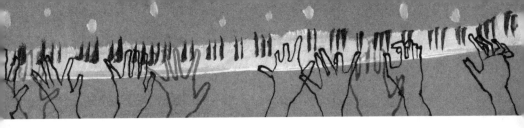

펐지만 아내는 막무가내였다. 그렇게 다 몰랐으면 선생님이 전화를 할 리가 없다는 것이었다.

며칠 후, 춘식 씨의 걱정(?)대로 아내는 아이를 위한 교양과목의 새로운 프로그램을 발표했다. 주말을 이용해 음악회를 비롯한 각종 문화 행사에 참가한다는 내용으로 특히 문화적인 흐름은 한 사람에 국한되어서는 효과를 볼 수 없으니 모두 다 참석해야 한다는 것이었다. 그리고 아내는 재빨리 실천단계에 발을 들여놓았다. 첫 번째 행사인 만큼 대충 할 수 없다는 다부진 각오 아래 때마침 공연을 앞둔 서울 시향의 티켓을 예매했던 것이다.

아내가 구입한 티켓은 D석이었다. S석부터 시작해 D석까지 있는 것 중에서.

"기왕이면 무대에서 가까운 데로 사지 그랬어?"

얄팍한 월급봉투를 생각하며 그래도 가장답게 말하는 춘식 씨에게 아내가 한 말은 뜻밖이었다.

"이이는 그것도 모르나 봐. 그런 데서는 불이 꺼지면 앉는 사람이 임자라구. 매너가 그렇다니까……."

때는 바야흐로 봄이었다. 살랑대는 봄바람이 스칠 때마다 나뭇가지에서는 기지개를 켜듯 뾰족한 녹색 잎들이 돋아났고, 하루가 다르게 키를 높이고 있었다. 계기야 어쨌든 가족들이 죄다 정장을 하고 나선 특별한 토요일 오후, 춘식 씨네는 마치 사열을 받듯, 어깨에 잔뜩 힘을 주고 아파트 입구 양편으로 노란 꽃봉오리가 금세라도 터질 듯 부푼 개나리 울타리 사이를 걸어갔다.

그리고 밀리는 자동차 행렬을 따라 세종문화회관에 도착했을 때, 특별한 외출이라고 자처한 이번 나들이가 다른 이들에겐 그리 특별하지 않다는 데에 춘식 씨는 놀라고 말았다. 서울 사람들이 이토록 고급문화에 심취해 있었나 하는 생각이 들 정도로 그 일대가 온통 공연을 보러 온 사람으로 북적였던 것이다.

춘식 씨네는 불이 꺼지면 좋은 자리에 앉을 요량으로 입장만 하고, 1층에서 어정거렸다. 드디어 곧 본 공연이 시작된다는 댕-, 종이 울리고 춘식 씨는 아내의 눈짓에 따라 1층으로 들어갔다. 하지만 춘식 씨네는 원래 예매했던 자리로 가야 했다. 빈 좌석도 거의 없었지만 안내하는 아가씨는 아내가 가진 티켓을 보고 D석이라고 콕 집어서 말하더니 위로 올라가시라고 야무지게 덧붙였다.

"아직 멀었어. 불이 꺼지면 원래 아무도 들어오지 못하게 되어 있는데 말이야. 도대체 매너가 없어."

춘식 씨네는 불평하는 아내를 앞세우고 불이 꺼진 D석이 있는 3층 꼭대기로 올라가 더듬더듬 자리를 찾아 앉았다.

연주는 길고 길었다. 춘식 씨는 간간이 들려오는 박수소리를 각성제로 여기며 그런대로 귀를 기울여보았지만 시간이 지날수록 들려오는 선율의 감미로움에 저절로 눈꺼풀이 감겼다. 비스듬히 돌아앉으며 아이의 눈치를 보니 사전 교육이 효과를 보았는지 제법 진지한 표정으로 무대를 보며 음악을 듣고 있었다. 춘식 씨는 자신의 저급함(?)에 괜스레 기가 죽어 무겁게 떨어지는 눈꺼풀에 한껏 힘을 주어 밀어 올리고 다시 연주에 귀를 기울이기를 반복했다.

누군가 팔꿈치를 흔들었다. 생각할 것도 없이 아내이리라는 생각에 감상 중임을 강조하기 위해 들려오는 음악에 맞춰 손가락으로 허벅지를 리드미컬하게 두드리는데…….

"아빠."

귀에 입을 바싹 들이대고 작은 소리로 아이가 춘식 씨를 부르고 있었다. 슬쩍 뜬 춘식 씨의 눈에 아내를 향한 아들의 손가락이 보였다. 맙소사. 아내는 자고 있었다.

이윽고 길고 긴 두 시간의 연주가 끝났다. 지휘자와 연주자를 향해 우레와 같이 터지는 몇 번의 커튼콜이 이어지고 앙코르 연주마저 끝난 후, 춘식 씨네는 가파른 층계를 걸어 내려왔다. 아내는 밤 추위에 야들

야들한 천으로 덮인 팔을 문지르면서도,

"어때? 좋았니? 뭐가 제일 좋았어?"

교육의 마지막 단계인 확인을 잊지 않았다. 아들은 생각할 틈도 없이 말했다.

"엄마. 박수 치는 거 있지? 박수 치면 지휘하던 아저씨가 나오고 인사하고 들어갔다 박수 치면 또 나오고 아저씨 아줌마들도 들어갔다 나오고 그게 제일 재미있더라. 뻐꾸기시계 같아."

"……."

"엄마도 그게 제일 재미있었지? 자다 말고 엄마도 앙코르, 앙코르 하면서 사람들하고 박자 맞춰서 소리를 내면서 박수 치더라."

잠깐 말을 잊은 아내, 입가를 비집고 새어 나오는 웃음을 참으려 무진 애를 쓰면서 춘식 씨는 아내의 다음 말을 기다렸다. 하지만 여유만만하게 아들의 말을 받는 아내.

"엄마가 그걸 이야기하지 않았구나. 음악 감상은 눈을 지그시 감고 하는 거라는 걸……."

아! 아내는 왜 지금에서야 그런 매너를 가르쳐주는가!

어렸을 적에 나는

육촌언니의 딸이 결혼하는 자리였다. 나이가 찼는데도 결혼을 하지 않아 부모 속을 태우더니만 저보다 나이도 적고 능력 있는 사내를 데리고 와서 형부의 입을 벌어지게 만든 녀석이었다. 나이를 먹었어도 인물이 곱게 생겨 보는 사람마다 신부 예쁘다고 탄복을 했다. 둘은 맞벌이를 할 거라고 했다. 하나는 디자이너이고, 하나는 증권회사에 다닌다고 하니 그런대로 잘 만난 한 쌍이었다.

그런데 결혼식이 끝나고 음식을 먹는 자리에서 생각지도 못한 사람을 만났다. 세월이 스쳐 갔어도 동그란 눈과 오뚝한 코, 시골생활에 햇볕에 타고 고생을 한 흔적이 있어 처음에는 못 알아보았지만 종숙이 언니였다. 어릴 때, 인형같이 생겼다고 모두에게 이쁜이 소리를 듣던 언니는 많이 늙어 있었다. 얼마 만인가. 삼십 년이 훌쩍 넘은 세월이었다. 그 세월보다 더 늙은 종숙이 언니는 나를 보자 고개를 갸우뚱하며 엉거

주춤 일어났다. 종숙이 언니도 늙은 나를 보면서 헷갈리는 모양이었다. 종숙이 언니가 곁에 있는 누군가에게 나를 눈짓으로 가리키며 묻는 양을 보면서 내가 우리 언니를 불렀다.

"언니, 종숙이 언니 같지 않아?"

"종숙이 언니? 그런데 왜 일어나려고 할까?"

"참, 언니도……. 몰라서 물어?"

"아닐 거야. 그때야 우리가 어려서 그랬지. 종숙이 언니가 강제 시집을 간 것이 우리 탓은 아니잖아. 언니도 우리한테 잘못했었고. 벌써 사반세기가 지난 일이다, 애. 이렇게라도 만나니 얼마나 반갑니. 그렇지 않아도 보고 싶었는데……."

언니는 벌써 벌떡 일어나 종숙이 언니를 맞이하고 있었다.

그러는 동안 종숙이 언니는 주춤주춤 우리 주위로 다가왔다. 머리는 염색을 해서 까맣고, 얼굴은 시골생활에 타서 머리 색깔보다 더 까맸다. 게다가 다글다글 볶아 파마를 하고 있었다.

"혹시……."

"그래, 우리야. 언니, 오랜만이네."

언니가 종숙이 언니의 손을 맞잡고 흔들었다.

"야, 이게 몇 년 만이냐. 아니 몇 십 년 만이야."

종숙이 언니는 다 잊은 것처럼 우리를 대했다. 그 사랑을 잊은 걸까. 아니면 우리와 함께 보낸 사랑하는 사람과의 밤을 세월이 사라지게 한 걸까. 아무렇지도 않게 우리를 대하는 종숙이 언니 앞에서 언니와 나는 오히려 어리둥절했다. 종숙이 언니의 얼굴에는 행복한 웃음이 가득했

고, 아직도 오뚝한 코와 동그란 눈이 자리 잡은 쭈글쭈글한 얼굴은 편
안해 보였다.

강제로 결혼을 시켰는데도 그런가보다, 하는 얼굴이더라. 어머니가
결혼식에 다녀와서 그만하면 되었다고, 배움도 짧은데 시골 중학교 선
생님과 결혼했으니 잘되었다는 말 끝에 하신 이야기였다. 종숙이 언니
네 집안이 그 고장에서 이름 높은 종갓집이 아니었으면 성사될 턱이 없
는 혼사라는 게 아버지 어머니의 지론이었다. 흠이 있다면 한 번 결혼
을 했다는 건데, 남자한테 그것이 흠이 되겠냐고 아버지 어머니는 의견
을 나누었다. 나는 그런가보다, 하는 얼굴이 무슨 뜻인지 궁금했다. 좋
다는 뜻인지, 나쁘다는 뜻인지, 정말 알 수가 없었다.

종숙이 언니의 사랑놀음을 본 것은 몇 십 년 전 일이었다. 그때 종숙
이 언니는 소일거리 삼아 실을 기계로 짜서 직물을 만드는 편물이라는
것을 했는데, 솜씨가 좋아 괜찮은 가격을 받고 가게에 넘기곤 했다. 언
니가 우리 집에 온 것은 실을 구하기 위해서였다. 언니는 충남 예산에
서도 한참을 들어가야 하는 시골에서 살았기 때문에 실이 필요하면 꼭
우리 집에 오곤 했다. 그리고 며칠 머물며 실도 구하고 놀다 갔다.

그렇게 며칠 놀다가 하루는 밖에 다녀오더니 종숙이 언니가 엄마한
테 말을 꺼냈다.

"숙모, 저 이제 집에 가야 하는데유. 아까 집에 전화를 넣어보니께 그
만 오라네유. 그런데……."

언니는 잠시 말을 끊고 망설이다가 우리를 쳐다보더니 조심스럽게

말했다.

　"방학이라서 애들 갈 데도 없이 하루 죙일 집에서 빈둥거리는디, 지가 데리고 가면 어떨까유?"

　손사래를 치는 엄마한테 종숙이 언니는 자기도 심심하니 데리고 가서 시골생활이 어떤지 보여주겠다고 고집을 부렸다. 엄마는 승낙하기가 어려운 모양이었다. 그도 그럴 것이 시골에는 고모의 시어머니가 계셨고, 고모부에 고모, 종숙이 언니를 비롯해 아들 4형제가 있는 대가족이라서 언니와 나를 보태고 싶지 않았던 것이다. 엄마는 고모의 시어머니를 어렵고 부담스러워했다. 그런데도 언니는 극구 우리를 데려가겠다고 고집했다. 게다가 더 있다 가라는 엄마의 말에도 불구하고 다음 날 꼭 가야겠다는 것이었다.

　엄마는 어른께 보낼 선물도 준비 못했는데 갑자기 무슨 소리냐며, 종숙이 언니를 혼냈지만 종숙이 언니는 괜찮다면서 아예 짐까지 꾸렸다. 웬만하면 어른 말에 순종적이던 언니가 이상하게 고집을 부렸다. 어쨌든 신이 난 것은 우리였다. 시골 고모네서 오빠며 언니가 온 적은 있지만 우리가 간 적은 한 번도 없었다. 우리는 고모네 말고는 가볼 친척집 하나 없었다. 이모네는 버스로 몇 정거장 거리에 살아서 오히려 가볼 염이 나지 않았다. 모든 것이 친숙했기 때문이다. 더욱이 시골이라니. 종숙이 언니는 같이 가서 논두렁에서 썰매도 타고 마을 공터에서 애들하고 팽이치기며 연날리기도 하자고, 시골에 한 번도 못 가본 우리를 들뜨게 만들었다. 그뿐이랴.

　"너네 가면 엄마가 닭을 잡아줄 건디."

종숙이 언니가 한 말에 언니와 나는 흥분했다. 당시엔 닭고기 먹기가
힘들기도 했지만, 하여튼 그 말을 듣고 우리는 닭고기 먹는 그 이상으
로 들뜨고 말았다. 그래서 자연스럽게 시골에 간다고 우기는 역할은 종
숙이 언니 대신 우리에게 돌아왔다. 우리는 종숙이 언니 대신 엄마한테
시골에 가겠다고, 고모네 가서 실수하지 않고, 할머니한테도 예의 바르
게 행동거지를 조심하겠다고 떼를 쓰고 조금 수그러드는 엄마의 손가
락에 새끼손가락을 억지로 걸고 약속을 했다.

다음 날, 종숙이 언니와 우리 언니, 나는 엄마가 중앙시장에 가서 사
온 할머니에게 보낼 내복과 고모한테 보낼 겹버선 그리고 종숙이 언니
가 마련한 실 꾸러미를 들고 집을 나섰다. 어머니는 추울까 봐 언니와
내게 옷을 겹겹이 입혀 눈사람처럼 만들고서야 숨을 돌렸다.

"시골은 더 추워. 거기에 가서 감기라도 들면 안 되니까 잘하고."

엄마는 우리를 보내면서도 마음이 놓이지 않는 양 계속 옷차림을 다
독이며 말을 이었다.

"종숙아. 그럼 애들 잘 데리고 있다가 보내라. 할머니한테 고맙다고
인사하고, 네가 바삐 서둘지만 않았어도 옷사돈어른 선물을 잘 준비했
을 텐데."

엄마는 중앙시장에 가서 급하게 준비한 내복이 못내 마음에 들지 않
는 듯 말이 길었다.

긴긴 인사 끝에 우리는 드디어 집을 떠났다. 처음으로 엄마와 떨어져
서 가는 여행이었다. 종숙이 언니는 논이 펼쳐지고, 산을 뒤로 한 큰 기
와집이 자기 집이라고 했다. 그 동네에서 가장 크고 멋있다고 했다.

고모네 집에 가는 길은 생각보다 멀었다. 언니는 멀미까지 해서 얼굴이 새하얘졌다. 그 시절 포장이 되어 있는 길은 드물었다. 예산에 도착해서 다시 버스를 바꿔 타고 가는 길은 서서 토끼뜀을 뛸 정도로 버스가 흔들렸다. 버스가 구르는 대로 몸이 팅팅 튕겨 올랐다.

　그런데 이상한 것은 종숙이 언니였다. 버스를 바꿔 탈 때부터 우리를 소홀히 하기 시작한 티가 역력했다.

　차멀미 때문에 기운 없이 튕겨 오를 때마다 힘들어하는 우리 언니에게 건성으로 괜찮냐고 물을 뿐, 맨 앞자리에 앉아 오라이, 스톱 하며 탕탕 버스를 치는 차장 아저씨와 웃으며 얘기만 했다.

　"종숙 씨, 오는데 힘들지는 않았구?"

　"심들지는 않았슈. 근디 오래 기다리지는 않았구유?"

　차장 아저씨는 대답 없이 종숙이 언니의 뺨을 슬쩍 만졌다. 언니는 허리를 비비 틀더니 차장 아저씨의 등짝을 툭 쳤다. 나는 차장 아저씨를 흘겨보았다. 우리 종숙이 언니한테 수작을 거는 것이 싫었다. 실제로는 언니가 더 설친 거였을지 모르지만 내 눈에는 그 아저씨가 언니를 꼬시는 걸로 보였다.

　차장은 더벅머리 청년이었는데 허리에는 버스표나 돈을 받아 넣는 주머니를 차고, 한 손에는 손가락만 보이는 장갑을 끼고 있었다. 나는, 넙죽한 얼굴에 느릿느릿 말하는 촌스러운 차장 아저씨가 싫었고, 종숙 언니에게 거는 수작도 싫었다. 나는 그때 5학년이었고, 《좁은 문》에 나오는 것과 같은 정신적인 사랑을 꿈꾸고 있었다. 중학교 1학년이었던 언니도 마찬가지였다. 어렸을 적에 나는 남녀 간의 사랑은 숭고하고,

멋있고, 휘황찬란하고 너무 두꺼워 빛 한 점도 통과할 수 없는 커튼 사이로 한 줄기 새어 나오는 찬란한 햇빛과 같다고 생각했다. 사랑은 절대 초라할 수가 없었다. 사랑은 가볍고 함부로 놀리는 입과 손짓 속에서 자랄 수 없는 고귀한 것이었다. 표현도 조심스러워 상대방의 흰 피부에 손을 대고 싶어도 한숨 한 번 내쉬고 손을 다시 호주머니에 넣어야 사랑이 점점 완성되어간다고 믿었다. 언니와 나는 손을 꼭 잡고 약간은 겁이 나는, 약간은 호기심 어린, 약간은 못마땅한 눈길로 종숙이 언니와 차장의 수작을 바라보았다. 진짜로 종숙이 언니가 저런 사람과 사랑을 한다면 상상만으로도 실망스러워 견딜 수가 없었다.

"오메, 얘들이 사촌동생들인게벼. 되게 예쁘게 생겼네. 종숙이 너 닮은 것 같다."

차장 아저씨는 우리 환심을 사보려는 듯 내 볼을 톡 쳤고, 종숙이 언니는 볼을 닦아내는 내 손을 잡아 내리며 환심을 사려 애썼다.

"그렇지. 그럼, 우리가 형제들인데 안 닮으면 쓰겄어? 얘들이 더 예쁘지."

종숙이 언니가 넉살 좋게 그리고 인심 좋게 차장 아저씨의 말을 받으며 우리에게 눈웃음을 쳤다. 나는 그 말이 더 싫었다. 갑자기 후져 보이는 종숙이 언니와 닮았다는 말이 정말 싫었다.

버스표를 받으러 다니면서 짬짬이 차장 아저씨는 종숙이 언니에게 말을 걸었고, 언니는 꼬박꼬박 그 말을 받으며 희희낙락했다. 종숙이 언니의 그런 모습은 처음이었다. 조곤조곤 이야기를 잘하기는 해도 저렇게 환한 얼굴로 상대방을 대하는 것은 별로 없는 일이었다. 그래서 참하다고, 엄마 아버지한테 칭찬을 받는 종숙이 언니가 아니던가. 차장 아저씨가 조금 더 잘생겼더라면 어쩌면, 나는 그렇게 싫어하지 않았을 는지도 모른다. 하지만 차장 아저씨는 내가 싫어하는 것을 갖추고 있었 다. 촌티와 느릿느릿한 말 그리고 세련되지 못한 복장. 나는 차장 아저 씨의 손에 낀 손가락이 나온 장갑을 보며 어서 버스에서 내렸으면 하고 바랐다. 그러고 보니 손가락도 뭉툭한 것이 밉게 생겼다. 일찍 출발했 는데도 해가 꽤 기울어 있었다. 한 번만 버스를 바꿔 타면—그 다음엔 아주 짧게 간다고 했다—그리고 조금 걸으면 고모네라고 했다.

언니가 나에게 속삭였다.

"정희야. 종숙이 언니 저 아저씨랑 연애하나 봐."

"아닐걸. 종숙이 언니 콧대 세잖아. 저번에 엄마가 어떤 회사 다니는 아저씨하고 선보라고 했을 때도 싫다고 했잖아. 그런데 저런 차장 아저 씨랑 놀겠어?"

그 말을 할 때도 종숙이 언니는 계속 수다를 떨고 있었지만 나는 믿 고 싶지 않았다.

"아니야. 종숙이 언니 봐. 진짜 좋아하나 봐. 사랑에는 국경도 없다더 라."

우리 언니가 다시 말했지만 나는 정말이지 믿고 싶지 않았다. 늘 조 신하고 어른을 알아본다고 칭찬을 받는 종숙이 언니, 촌스러웠지만 그 래도 정 많고, 부지런했다. 남자 이야기를 조금이라도 비치면 수줍어서 몸을 비비 틀어서 엄마도 순진하기 이를 데 없다고 칭찬을 아끼지 않는 종숙이 언니가 저런 남자를 사귈 이유가 없었다.

버스가 서고, 우리 언니는 반쯤 죽어 내렸다. 손과 발에 힘이 없는지 걸음도 비틀거렸다. 해는 기울고, 언니는 아프고, 나는 집을 떠난 것을 후회했다.

"괜찮아? 언니."

"괜찮아. 속이 미식거리고 죽겠어. 우욱, 토하려나 봐⋯⋯."

언니는 꼭 잡은 내 손을 놓더니, 근처 전봇대로 달려갔다. 버스에서 부터 참던 것을 모두 다 토해내었다. 사람 뱃속에 그 많은 것들이 있다니, 더럽기도 하면서 놀라웠다.

종숙이 언니는 차멀미를 심하게 한 언니를 부축하며 걱정스럽게 입가와 옷을 닦아주었다.

"정혜야. 야, 괜찮으냐? 차멀미를 이렇게 심하게 하면 어쩌냐?"

그러더니 이리저리 둘러보다가 버스 터미널 안 나무 의자에 언니를 데리고 가서 앉혔다.

그동안 버스를 제자리에 대고 온 차장 아저씨가 돌아왔다.

"어떻게 한디야? 이래서 애를 데리고 못 가겄어."

"그러게."

차장 아저씨의 말에 종숙이 언니가 큰 눈을 더 크게 뜨며 수선을 떨었다.

"못 가지. 한 번 더 바꿔 타야 되는디. 얼마 가지는 않지만. 그리고 걸어야 되고. 너네 어떻게 할려? 아저씨 없으면 버스 정류장에서 자야 하는디⋯⋯. 아저씨 따라갈쳐?"

언니와 내가 아무 말도 하지 않자 종숙이 언니는 다시 한 번 물었다.

"무서운 사람 아녀. 따라갈라니까 무서운가 보네."

차장 아저씨가 피식 웃었다.

"나 무서운 사람 아녀. 무서워하지 말어."

느릿느릿 말하는 차장 아저씨의 말이 더 무서웠다. 언니는 내 손을 잡고 어쩔 줄 몰라했다. 나도 마찬가지였다. 우리 둘은 울먹거렸지만 울지는 않았다. 차장 아저씨 앞에서 징징대며 울고 싶지 않았다. 종숙이 언니가 우리 둘을 세우더니 손을 잡고 달랬다.

"그러지 말고 이 아저씨 따라가서 자고 내일 가자. 이 아저씨 나쁜 사람 아녀. 언니가 자주 다녀서 아는디 좋은 사람여. 언니한테 얼마나 잘해준다고. 그리고 지금은 해도 졌잖여. 배도 고프고, 그러니까 아저씨 따라가서 밥도 먹고 잠도 자고, 언니네 집은 내일 일찍 가자. 응?"

우리는 아무런 방법이 없었다. 두 사람은 어른이었고, 우리를 쥐락펴락할 수 있었다. 우리는 돈도 없고, 힘도 없었다. 우리 둘은 누가 우리를 떼어놓을까 무서워 손을 꼭 잡고 걸어가는 두 사람을 따라갔다. 두 사람은 뭐가 그리 좋은지 키득거리며 서로 때리고 아픈 시늉을 내고 손을 잡았다가 놓으면서 온갖 행동을 다 했다.

"방금 전에는 세상 다 바꿀 듯 언니 걱정을 하더니 둘이 좋아 죽는다."

나는 이렇게 비죽거렸다. 나와 언니는 두 사람이 웃을 때마다 놀라서 손을 더 꽉 잡았고, 종숙이 언니가 괜찮니 하고 뒤돌아 물을 때마다 나는 징징거렸고, 언니는 괜찮다고 큰 소리로 대답했다. 차장 아저씨와 종숙이 언니는 우리를 식당으로 데리고 갔다. 언니는 맛있다면서도 속이 안 좋다고 아주 조금 먹었고, 나는 국밥을 한 그릇이나 먹었다. 온 길이 멀어서 배도 고팠지만 밥을 먹으면서도 지치지 않고 히히덕거리며 좋아라하는 종숙이 언니 앞에서 딱히 할 일도 없었다. 국밥은 정말 맛있었다. 나는 국밥그릇에 머리를 처박고 퍼먹었다.

어두컴컴한 골목 한구석에 대문이 있었다. 아저씨는 손을 낮은 대문 위로 뻗어 안쪽 고리를 빼내어 문을 열었다. 그리고 마루가 있는 안채 옆을 돌아 뒤채로 갔다. 작은 마루가 달린 방이 있었다. 아저씨가 들어가고, 종숙이 언니가 서슴없이 마루 옆 아궁이를 열었다. 아궁이에서 연탄불이 활활 타고 있었다.

"들어가자."

우리 둘이 망설이자 종숙이 언니는 괜찮다고 우리 손을 잡아끌었다. 좋은 아저씨라는 말과 함께.

방은 생각보다 깨끗하고 정돈이 잘되어 있었다. 이불이 깔려 있는 아랫목이 따뜻했다. 색색깔의 꽃들이 피어 있는 다후다 이불이었다. 종숙이 언니가, 웬일이래? 남자 혼자 사는 방이 왜 이렇게 깨끗하대. 저번에 와서 치워준 것보다 더 깨끗하네. 잔소리를 해대자, 차장 아저씨는 약간 수줍은 듯, "니가 온다고 했잖여, 혹시 들를까 싶어서……"라고 말했다. 종숙이 언니는, "남자 혼자 사는 방이 깨끗허게 치워져 있으면 더 이상한 거여"라고 말을 맞받았다.

어쨌든 방을 대충 치우고 종숙이 언니는 우리 언니 옷을 빨아서 널어놓고, 농 위에 있던 이불을 우리한테 주면서 자라고 했다. 요 따위는 있을 리 만무했다. 언니와 나는 어쩔 수 없이 이불을 덮고 누웠다. 내가

218

벽 쪽에 눕고 언니가 옆으로 누워 내 시선을 가로막았다. 하지만 두 살 차이 나는 언니 몸으로 두 사람이 가려질 리 없었다. 종숙이 언니가 차장 아저씨의 귀를 후벼준다고 하니, 아저씨가 일어나려고 했다.

"야아, 애들 있는데……."

"괜찮어. 다 이해할 만한 나이인데 그리고 우리가 뭘 짓 하냐. 아무 짓도 안 하고 있는디."

종숙이 언니의 대답은 뻔뻔하기조차 했다.

나는 눈을 꼭 감았다. 둘이 하는 모든 이야기가 거슬렸다. 고모한테 가지도 못하고, 이런 방에서 자야 하는 것도 마음에 들지 않았다.

"잠 오니?"

언니가 내 귀에 대고 속삭였다.

"아니."

"그래도 얼른 자."

언니가 이불을 내 어깨 위로 덮어주었다. 바닥이 딱딱했지만 올라오는 훈기로 몸이 녹아들었다.

"언니, 엄마 보고 싶다."

뜻하지 않은 곳에서의 하룻밤은 엄마에 대한 그리움으로 바뀌었다.

"나도 엄마 보고 싶다. 엄마가 알면……."

언니는 종숙이 언니가 있는 뒤편을 향해 눈짓하며 말끝을 흐렸다. 언니는 누가 나를 해치기라도 할 것처럼 한 팔로 내 어깨를 꼭 감았다. 두 살 차이가 나도 언니였다. 나는, 히히덕거리며 소곤대는 두 사람의 소리에 귀를 세우다가 어느새 잠이 들었다.

고모네 집에 도착한 것은 그 다음 날 이른 아침이었다. 고모네 집은 멀리서 보니 굉장히 컸다. 집 뒤로 대나무 숲이 있는 산을 끼고 있는 고가였다. 종숙이 언니는 도착할 때까지 아무 말도 하지 않았다. 말하지 말라거나 절대 비밀이라거나 그런 말도 없었다. 하지만 우리는 누가 뭐래도 절대 입을 열어선 안 되는 엄청난 비밀이라는 것을 알고 있었다.

고모는 오빠네 애들이 왔다고 신도 안 신고 뛰어나왔다. 종숙이 언니는 우리한테 아무 말도 하지 않았던 것과 다르게 어제 언니가 아파서 못 왔노라고, 읍내에 있는 친구네 있다가 왔노라고 장황하게 토하는 모습까지 흉내 내었다. 고모는 그래서 이렇게 이르게 왔구나, 말했고, 언니와 나는 서로 맞바라보지도 못한 채 마주 잡은 손에 힘만 주었다. 고모는 오느라고 고생이 많았다고, 도시 애들이 시골에 오느라고 고생이 정말 많았다고 혀를 쯧쯧 찼다. 고모네 시어머니는 절을 받으면서 흐뭇한 미소를 띠었다. 할머니는 말씀도 제대로 못하고, 아파서 거의 누워 계시기만 했다.

그리고 나는 며칠 동안 열심히 놀았다. 논두렁에서 썰매를 타다가 살얼음에 빠져 메기 잡았다는 놀림을 받았고 동네 아이들과 연도 날렸다. 팽이도 치고, 푸대 종이를 대고 언덕에서 미끄럼도 탔다. 종숙이 언니 말대로 오빠가 닭도 잡아주었는데 나는 할머니와 언니 국그릇 속에만 있는 닭다리 때문에 하루를 말하지 않고 삐져 있었다. 고모네 집에서의 4박 5일은 너무 짧았다. 하지만 동네 이장 댁을 통해 전화를 받은 고모는 엄마가 빨리 오라고 한다고 했다. 언니와 나도 엄마가 보고 싶었다.

고모네 집에서 노는 것은 괜찮은데 종숙이 언니 얼굴을 볼 때마다 불편했다. 어디에다가 확 그 비밀을 쏟아부었으면 좋겠는 것이 내 심정이었다.

"너무 오랜만이다. 어떻게 지냈어? 하나도 변하질 않았네."

종숙이 언니는 반가움에 우리 두 사람의 손을 하나씩 챙겨 잡고 두서없이 물었다.

"애는 몇이야. 많이 컸지? 니네 결혼한다는 말을 듣기는 했지만 가지도 못하고 내가 사는 것이 그려서……. 일하고 자고 아침에 일어나서 또 일하고 자고, 도무지 시간이 있어야지. 친정에도 간신히 갔으니까."

종숙이 언니의 결혼생활은 이미 들어서 알고 있었다. 선생님이던 남편이 학교를 그만두고 특용작물을 키우는 바람에 언니가 고생이 많다는 것이었다. 게다가 전처 자식이 어찌나 말을 안 듣는지 언니가 마음고생이 대단하다고 했다. 한마디로 엇나간다는 것이다. 그것을 종숙이 언니가 바로잡느라고 쫓아다니고, 같이 울고 정성을 바쳐 결혼까지 시켰다는 말을 아버지 어머니를 통해 이미 듣고 있었다. 하지만 그것도 아주 오래전이었다. 아버지와 어머니가 돌아가신 지 10년 동안 종숙이 언니의 소식은 아예 끊겼다. 언니가 종숙이 언니의 손을 맞잡으며 위로를 했다.

"언니는 고생을 많이 했어도 그대로야. 하나도 변하지 않았어. 우리가 무엇을 보고 알아보았게. 언니 동그란 눈이 그대로인걸. 인형 같다고 다 그랬잖아."

우리들 말에 종숙이 언니는 싫지 않은 듯 호호 웃었다.

"얘들은 별소리를 다 헌다. 나야 폭삭 늙었지. 시골생활이 다 그렇지. 햇볕이 강하니까 주름이 생기고, 일하다 보니 늙구. 그래도 요즘은 일을 안 해서 좀 괜찮어."

그러고 보니 잡은 종숙이 언니 손이 그다지 거칠지 않았다.

"아까부터 저기서 봤는데 니네인 줄 몰랐다. 혹시나 싶어서 당숙한테 물었더니, 니네 자매라지 뭐냐. 외숙모도 외삼촌도 잘해주셨는데 상 치를 때도 못 가보고 말이다. 사는 게 그래서. 휴우, 외숙모를 생각하면 지금도 마음이 짠해. 나만 보면 참하다고, 면목이 없다. 그래도 같이 화투 치던 생각하면 지금도 어찌나 웃음이 나는지……."

나도 종숙이 언니의 회상에 따라 엄마를 기억했다. 엄마는 화투 치기를 좋아했다. 하지만 아버지는 화투라면 모든 재산을 노름으로 날린 할아버지 때문에 끔찍하게 싫어했다. 그래서 종숙이 언니는 우리 집에 오기만 하면 아버지가 나가시기 바쁘게 엄마의 절친한 짝꿍이 되어주곤 했다. 아이쿠 이거 어쩐다냐. 쌌다. 종숙아. 아버지가 있을 때랑 사뭇 다른 엄마의 신바람에 언니와 나는 화투를 알지도 못하면서 옆에서 구경을 했다. 종숙이 언니가 재미있어하든 말든 엄마는 붙들고 놔주지 않았다. 그러다가 아버지가 오시면 화투가 늘어져 있던 군용담요를 휙 감아 아랫목에 밀어놓고 두근두근 뛰는 가슴을 손으로 붙잡곤 했다.

"이제 니네만 남았구나."

종숙이 언니는 정 많게 눈물을 훔치면서 뒤늦게 부모님 상 치른 소식이며 한숨을 한번에 쏟아내었다.

"괜찮아요, 언니. 언니 사는 게 바쁜 거 다 아는데, 뭘."

언니가 종숙이 언니의 말을 거들었다.

"그래. 그렇게 이해해주니 고맙고."

종숙이 언니는 일어날 생각도 하지 않고 이런저런 이야기를 했다.

"그런데 내가 꼭 니네한테 할 이야기가 있어. 좀 어려울 테지만 니네도 이제 나이도 먹었고 하니까……"

"언니, 어려운 이야기는 하지 마. 나이 먹으니까 그런 이야기는 딱 질색이야."

언니가 떡 그릇을 종숙이 언니 앞으로 디밀며 말을 막았다. 무슨 이야기인지 가늠이 갔다. 그 일이라면 몇 십 년이 지났어도, 어렸어도 할 말이 없는 것이 오히려 우리였다. 그러고 있는데 뒤에서 누군가 "어이." 하고 종숙이 언니를 불렀다.

"언니, 형부가 부르나 봐. 얼른 가봐."

그렇지 않아도 불편한 자리라서 우리는 종숙이 언니를 보내려 했다.

"저이 좀 봐. 잠깐만 있어봐. 인사시켜줄게."

이게 웬일이람. 그런 표정으로 언니와 나는 시선을 교환했다. 내키지 않는 일이었다. 우리 때문에 했을지도 모를 시난고난 살아온 고생스러운 인생을 다 듣고, 남편을 만나다니, 그 결혼은 우리 때문에 했을 수도 있었다.

비밀을 발설한 것은 내 잘못이 아니었다. 엄마 잘못이었다. 종숙이 언니는 우리끼리 가겠다고 아무리 말을 해도 기어이 데려다주겠다고 길을 나섰는데, 그 속이 너무 환하게 들여다보였다. 고모도 마음이 놓이지 않는지 종숙이 언니에게 데려다주라고 했다. 종숙이 언니는 고모네 갈 때와는 다르게 어른들께 말하면 안 된다는 얘기를 하고 또 했다. 라면땅, 쫄과자는 물론 그 당시 보기 힘든 100원짜리 동전을 우리에게 나누어주었다. 종숙이 언니는 우리를 데려다주자마자 집에 가서 해야 할 일이 많다고 예의 바르게 인사한 후 되돌아갔다. 엄마는 그런 종숙이 언니한테 참하다고, 요새 저런 애가 드물다고 칭찬을 입에 침이 마르게 했다.

　나이는 언니보다 다섯 살, 나보다 일곱 살이 많았지만 중학교를 졸업하고, 여자는 더 배우면 팔자가 사나워진다는 아버지인 고모부의 철학대로 집에서 살림을 배운 종숙이 언니는 손이 잿다. 그래서 엄마는 공연히 종숙이 언니와 비교하면서 언니와 나를 아무것도 모르고 밥만 축내는 바보천치로 몰곤 했다. 거기까지는 좋았다. 말끝마다 종숙이 언니를 닮아보라고, 늦잠을 자도 만화책을 빌려다 보아도 게으르게 누워 있어도 친구들과 놀다 들어와도 종숙이 언니처럼 철이 들어보라는 말을 달고 살았다. 처음에는 그런 엄마를 보고 언니와 입을 비죽이며 우리끼리만 아는 웃음을 주고받았지만 점점 시간이 지날수록 약이 오르고 화가 났다. 게다가 그날 밤 꾀죄죄한 이불을 덮고 잔 언니와 내가 불쌍해졌다. 성질이 날 때는 확 말해버릴까 하다가도, 비밀은 지켜져야 한다는 설익은 호의 사이에서 헷갈리기도 하고, 엄마가 알면 펄펄 뛸 거라는 생각에 겁이 나기도 하고, 집이 홀딱 뒤집어지고 종숙이 언니가 덮어쓸 무지막지한 혼찌검이 무섭기도 했다.

우리는 효녀와 불효녀의 자리를 왔다 갔다 하기도 하고, 비밀을 지키는 의인과 발설하는 고자질쟁이 자리를 왔다 갔다 하기도 하면서 비밀을 키워나갔다. 그날 우리가 잠들고 난 후, 종숙이 언니와 차장 아저씨의 행동을 상상하면서 근지러운 입을 달랬다. 그러나 비밀은 깨지라고 있는 거였다. 하루, 만화책을 보다가 방학숙제도 안 하고 공부도 안 한다고 엄마가 등짝을 후려친 날, 나는 눈물바람으로 종숙이 언니에 대해 일러바쳤다.

"왜 그래. 엄마는 아무것도 모르면서 왜 그래. 우리가 어때서, 우리가 그래도 얼마나 입이 무거운데. 우리는 엄마한테 감추는 건 없잖아."

사실 종숙이 언니와는 아무것도 상관없었다. 그렇게 말도 안 되는 우리에 대한 자랑으로 고자질을 시작한 나는 언니와 합세해서 그날 밤의 이야기를 모조리 털어놓았다.

종숙이 언니는 육백 년 된 종가를 지키는 종갓집의 여식이었다. 아직도 칠거지악, 삼종지도, 장유유서를 외치는 고모부의 외동딸이었다. 우리의 고자질은 엄마에게서 아버지에게로, 아버지에게서 고모네로 빠르게 퍼져나갔다. 아버지는 그 일로 고모네를 직접 갔다 오기까지 했다. 언니와 나는 비밀을 발설했다는 시원함보다 종숙이 언니에 대한 죄책감으로 미칠 것 같았다. 종숙이 언니가 잘해준 것만 생각나고, 언니가 맞을 매를 떠올리면 미안하기만 했다. 그리고 몇 달 후, 종숙이 언니의 결혼 소식이 날아들었다.

남편을 보는 종숙이 언니의 표정은 너무 수줍고, 지금 금방 본 듯 반가워했다.

"알았어요. 가요. 아유, 참 극성이야."

웃으면서 생기는 자글자글 접히는 눈주름에서 남편에 대한 애정이 묻어났다.

우리는 종숙이 언니를 떠밀 듯 남편에게 보냈다. 무슨 낯으로 그 남편과 인사를 할지, 면목이 서질 않았다. 종숙이 언니는 떠밀리듯 다음에 꼭 한번 만나자고 하면서 갔다. 그런데 그 남편의 얼굴을 보는 순간, 나는 이상하게 어디선가 본 듯한 기분이 들었다. 한번도 본 적이 없는데.

"언니, 나 저 사람 아는 사람 같아."

"알기는, 종숙이 언니 살아온 이야기 들으니까 우리는 정말 할 말 없다. 미안해 죽을 뻔 봤다. 어렸어도 할 말이 따로 있는 거였는데……. 강제 결혼에, 전처 자식에, 농사일에, 젊었을 때는 예쁜 얼굴이었는데 그 얼굴이면 어디론들 시집을 못 갔겠니? 에휴, 너랑 나랑 할 말이 없다. 다행히 남편은 좋은 사람 같아 다행이다, 애."

한가해진 식당 안을 둘러보며 일어나려 하는데 육촌언니가 저쪽에서 걸어왔다.

"언니, 수고 많았어요. 신부가 어찌나 예쁜지 칭찬이 자자하네."

"아이구, 그 나이 때는 다 그렇지. 그래도 보낸다니까 섭섭하다. 앉아봐. 오랜만인데……. 친척이라 해도 이제는 만날 때가 혼인 아니면 상갓집이다, 애."

"그러네. 좋은 일 아니면 아주 나쁜 일에만 만나게 되네. 그래도 오늘 같은 경삿날 아무 일 없이 보게 되니 얼마나 좋아."

"그렇지? 그런데 니네 아까 얘기하던 사람 종숙이 아니냐?"

"어, 봤어? 몇 십 년 만에 봤더니 우리도 가물가물했어. 맞아, 종숙이 언니야."

"하이구, 남세스러워서. 결혼식에 부를까 말까 했는데 그것도 턱 남편이랑 나타났더라. 그래서 아까부터 여기에 못 오고 있었다."

갑자기 소리를 죽여 소곤소곤 이야기하는 육촌언니의 말에 화가 났다.

"언니두 참. 시골에서 고생하면서 산 종숙이 언니가 무슨 죄가 있다고 그래요? 남세스럽다니. 얘기 들어보니까 전처 애 결혼도 시키고, 할 일 다 하고 살았던데."

"그게 남세스럽다는 거야. 쟤 누구랑 사는지 아니? 참, 기가 막혀서. 저 나이에 그걸 낭만이라 할지, 남세스럽다고 할지. 하기야 남의 사랑은 불륜이고, 내 사랑은 로맨스라니까. 사는 거 자유다만……."

"참, 언니도 사설이 왜 이렇게 길어요. 빨랑 말하지."

내가 호기심에 설레발을 치자 육촌언니가 기가 막힌 듯 피식 웃더니,

"그래, 남 일에 뭐라 할 필요는 없지. 쟤 말이다, 지금 첫사랑이랑 산다. 아까 같이 온 남자 있지. 그 남자가 첫사랑이라더라."

나는 기억이 까마득해졌다, 첫사랑.

"재작년인가. 그때 들었는데 그때까지 저 남자 장가도 안 가고 혼자 살았다더라. 난리 났었어. 집안에서 죽이니 살리니 했지만 어쩌겠냐. 한 번 떼어놓았으면 되었지 두 번 떼어놓을 수는 없는 노릇이지. 지금 버스 운전한다는데……. 남자의 순정이 뭔지. 흉보면서도 쬐끔 부럽더

라. 하기야 뭐랄 것도 없다. 다 듣고 나더니 남편도 순순하게 이혼을 해 줬대. 남편도 남자의 순정을 이해했는지, 아니면 그 남편도 남자의 순정이 있는지, 고생 많이 했다고, 이제 좋은 사람 만나서 살라고 했다더라. 들고일어난 집안 식구들 잠재운 것도 그 남편이라지. 걔가 그렇게 촌티 나게 생겼어도 예쁘장해서 그런지 남자 복이 많은가 보더라."

육촌언니가 농을 섞으며 말을 끝냈다.

남자의 순정. 조금 전 남편을 향해 던지는 종숙이 언니의 수줍고 반가운 표정이 스쳤다. 그 옛날, 주름 하나 없는 얼굴로 히히덕거리던 그 얼굴이 문득 생각이 났다. 그때는 그토록 부도덕해 보였는데, 지금은 왜 이렇게 순순하고, 젊은 순수함이 느껴지는지, 그것도 나이 탓일까. 하여튼 촌티 나게 느리고 수줍어하던 차장 아저씨의 순정이 못 믿어질 만큼 가슴이 아렸다.

여름꽃

하늘의 빛깔은 어쩌면 이리도 여러 가지일까요. 조금 전만 해도 잔뜩 찌푸려 있었는데 지금은 얼핏얼핏 구름 사이로 파란빛이 보이고 있습니다. 그렇다고 활짝 갤 것 같지는 않습니다.

구름이 모양을 바꿉니다. 모였다가 흩어지고 다시 모이고. 하늘을 바라보니 어릴 때의 내가 생각납니다. 그때, 나는 구름을 보며 여러 가지를 상상했었습니다. 동물과 집 그리고 나무. 하늘은 움직이는 그림책이었습니다. 그러나 지금 나는 그런 생각을 하지 않습니다. 마르지 않는 빨래라든가 눅눅한 방바닥을 생각합니다. 세월이 많이 흐른 거지요. 그림책을 잃은 겁니다.

우리 집은 자주 이사를 다녔습니다. 아버지는 군인이었습니다. 그래서 짧으면 반 년 길면 이 년. 그리고 나면 새로운 집으로 가게 되는 겁니다.

이사는 재미있는 행사였습니다. 짐을 쌀 때면 집 안 곳곳에서 끌어내어지는 잡동사니들. 하루 종일 짐을 싸느라 기진한 어머니 곁에서 보물찾기 놀이를 즐겼지요. 볼펜 깍지를 끼웠던 자리가 확연한 몽당연필과 공책 여백에 빽빽하게 써놓은 낙서들과 사람 그림 그리고 통지표와 말아서 고무줄로 묶어놓은 빛바랜 상장들. 잃어버린 줄도 몰랐는데 먼지 덮인 짐 속에서 문득 모습을 드러내는 겁니다. 아무리 하찮은 것이라도 자신의 손때 묻은 물건은 귀중합니다. 나는 발이 저리도록 쭈그리고 앉아 그것들을 한켠에 차곡차곡 쌓아놓고 하나씩 살펴보았습니다. 통지표를 보며 성적이 떨어져 어머니에게 혼난 것을 기억하고, 끌어낸 장롱 밑에서 굴러 나온 사탕을 맛보며 침을 퉤퉤 뱉기도 합니다. 그것들은 단순히 과거의 편린들이 아닙니다. 먼지가 더께로 앉은 채 나타나 다시 소중한 것이 되며 잊고 있었던 자신을 확인시켜줍니다. 기쁨과 상처에 대한 확인.

과거가 없는 사람들은 없습니다. 모두 과거를 지니고 현재까지 이르는 겁니다. 그렇다고 사람들은 늘 과거를 기억하지 않습니다. 혹 기억한다 하더라도 온전하지는 않지요. 사람의 과거는, 집착과 후회로 말미암아 윤색되거나 뒤틀려져버립니다. 물건만이 과거를 온전히 가지고 있습니다. 들어낸 장롱 밑에 뒹굴고 있던 몽당연필을 끼운 볼펜 깍지 끝, 이로 깨문 흔적이 남은 것처럼.

어느 날, 나는 보물찾기 놀이를 그만두었습니다. 어머니를 도울 나이가 된 것입니다. 옷을 접고, 책을 책장에서 거두고, 그릇들을 싸고. 짐을 싸다 보면 몸은 금세 피로에 지쳤습니다. 나는 어머니처럼 동생이 먼지를 뒤집어쓰며 보물찾기 놀이하는 것을 꾸짖게 되었습니다. 이사는 밥을 먹거나 아침이 되면 일어나는 것처럼 아무렇지 않은 일상이 되었습니다. 새로운 동네, 새로운 집, 친구, 학교. 새로운 것에 대한 동경이나 기대감을 잃었습니다.

하늘을 자주 바라보게 된 것은 그즈음이었습니다. 전에 살던 동네에서 보았던 하늘은 새로 이사한 동네에도 있었습니다. 하늘은 어디서나 나를 따라다녔습니다. 뭉게뭉게 피어나는 흰 구름. 토끼가 양이 되고 금세 아이를 안은 어머니가 되는 흰 구름. 그리고 해가 서쪽으로 기울기 시작하면 붉고 노오란 노을이 엷은 색으로 피어오릅니다. 노을빛은 어스름 땅거미가 지기 시작할 때가 더 아름답습니다. 그렇다고 노을이 아름답기만 한 것은 아닙니다. 밝은 것을 한꺼번에 집어삼킬 듯 짙게 타오르며 통째로 물들어가는 하늘. 무섭지요. 나는 노을을 등에 지고 집으로 달려 도망간 적이 있습니다.

그러다가 점점 캄캄해집니다. 그리고 별이 뜹니다. 길이 생기고, 강이 생기고, 곰이 생깁니다. 밤에 하늘을 차지하는 것은 신화에 나오는 인물들입니다.

어머니는 나를 보고 혀를 찼습니다. 내가 친구도 사귀지 않고 노상 하늘을 바라보는 것이 자주 이사한 탓이라고 했습니다. 그러나 아이들은 금방 자랍니다. 내가 바닥에 떨어진 물건들을 찾느라 떨어뜨렸던 목을 들어 하늘을 바라보았듯, 나는 하늘을 바라보던 눈으로 정면을 바라보게 되었습니다. 당신을 만나게 된 겁니다.

당신……. 당신을 생각하는데 갑자기 몸이 움츠러듭니다. 뒷집에서

들려오는 소리. 크지도 작지도 않고, 높지도 낮지도 않은, 으으거리는 울음소리 때문입니다. 소리는, 담을 방을 내가 앉은 마루를 지나 마당을 휘젓고는 다시 돌아옵니다. 나는 소리 속에서 당신을 생각합니다. 당신의 표정은 따뜻하지 않습니다. 나는 점점 몸을 웅크립니다. 곧추세웠던 고개를 안으로 접고, 다리를 접어 가슴 안으로 밀어 넣고 자꾸 움츠립니다. 소리는 계속 들립니다. 귀에서 공명이 되어 몸을 떨게 합니다. 내 등이 점점 둥글게 휩니다. 손이 닿으면 둥그렇게 몸을 마는 쥐며느리처럼 소리가 닿은 내 몸이 점점 둥그렇게 안으로 말려듭니다. 무릎이 턱에 닿습니다. 더 이상 내 몸은 작아지지 않습니다……. 머리를 조금 들어봅니다. 소리가 잦아들고 있습니다. 그러나 나는 의심을 풀지 않고 조금씩 아주 조금씩만 고개를 듭니다. 잦아드는 소리가 다시 커질까 조심스럽게 등을 폅니다……. 이제 소리는 들리지 않습니다. 숨을 크게 들이쉽니다. 고무로 만든 인형에 바람을 넣으면 힘없이 내려뜨려졌던 다리가 팔이 탄성을 가지고 탁탁 튀어 오르듯 긴장으로 굳어진 내 몸이 펴집니다. 등을 펴고 접었던 다리를 펴서 마루 밑으로 내립니다.

그런데 조금 전과 세상이 화악 달라져 있네요. 노오란 셀로판지를 댄 유리를 통해 보듯 세상이 노르스름합니다. 눈을 감았다가 떴는데도 여전히 같습니다. 나는 하늘을 봅니다. 잠깐 사이에 하늘도 달라져 있습니다. 구름색이 좀 더 짙어지고 두터워졌습니다. 곧 비가 올 것 같습니다. 노인들처럼 팔다리가 아프고, 무릎이 결리지 않지만 노르스름한 색에 뒤덮여버린 듯한 세상으로 그것을 알 수 있습니다. 비가 오려고 하면 모든 것의 윤곽이 뚜렷해집니다. 나무가, 꽃이, 건물이, 풀이 선명해집니다. 당신이 화단에 심어놓은 봉숭아, 채송화, 제라늄, 팬지, 맨드라미, 가지각색 꽃들의 색이 선명합니다. 밝은 것과는 다릅니다. 환한 햇빛을 받아 밝고, 빛나는 것이 아니라 맑아집니다. 세상이 노르스름하게 보인 것도 같은 이유입니다. 학교에 다닐 때, 나는 그 이유를 배웠습니다. 공기 중에 습기가 많아 그렇게 보이는 거라고. 그러나 나는 배운 대로 믿고 싶지 않습니다. 나는 땅 위의 모든 것이 스스로 맑아지는 거라고 믿고 싶습니다.

세상에는 빛을 내지 않고도 빛나는 것들이 많이 있습니다. 아가의 얼굴, 성공한 사람의 모습, 사랑하는 이의 눈빛. 사람들은 그런 것을 빛난다고 표현합니다. 지금 내가 보는 세상도 그렇습니다. 눈이 부실 만한 빛이 없는데도 빛나고 있습니다. 당신……. 당신도 그랬습니다. 빛 없이 빛나며 내게 다가왔습니다.

당신을 처음 만난 날을 기억합니다. 그때, 나는 대학에 다니면서 시내의 한 햄버거 가게에서 아르바이트를 하고 있었습니다. 그날은 비가 무척 많이 왔습니다. 나는 유리창을 통해 한 남자를 보았습니다. 손님이 없어 가게가 한산했던 탓은 아닙니다. 비를 흠뻑 맞은 당신의 모습 때문입니다. 비닐 씌운 수레를 밀던 당신의 모습. 당신은 가게 앞을 지나고 있었습니다. 그러다가 나와 눈이 마주쳤습니다. 나는 두어 걸음 뒷걸음질 쳤습니다. 누구라도 자신의 모습을 빤히 쳐다보고 있으면 기분이 좋을 리 없습니다. 내가 비켜선 것은 그래서였습니다. 그런데 당신이 멈추어 섰습니다. 그리고 수레를 가게 앞에 세워두고 들어왔습니다. 당신이 걷는 대로 가게 안 바닥에 흥건하게 빗물이 괴었습니다. 당신의 젖은 옷과 신발에서 물이 흘렀습니다. 당신은 햄버거 한 개를 샀습니다. 나는, 카운터 옆에 선 채로 먹는 당신에게 앉으라고 말했습니다. 당신은 말없이 손가락으로 젖은, 당신의 옷을 가리켰습니다.

　내가 왜 당신에게 물을 주었을까요? 물을 주지 않았다면 당신과의 만남은 기억할 수조차 없는 작은 추억으로 남았을 텐데…….

　당신은 내가 준 물을 마시고 웃었습니다. 민망함과 고마움이 섞인 순간의 웃음. 내가 조금 전 빛 없이 빛나는 것으로 당신이 다가왔다고 말했었지요? 당신의 웃음이 그러했습니다.

　내가 한동안 당신을 피해 다닌 것은 그 때문입니다. 당신이 지금 믿듯이 당신이 고아라서, 가난해서 그런 것이 아닙니다. 아마 나는, 지금 곧 비가 올 것을 예감하듯 당신을 사랑하게 되리라고 생각했는지도 모릅니다. 사랑은 그런 거지요. 아무런 조건 없이 이유 없이 어느 한순간 부딪힌 짧은 시선으로 온몸에 소름이 돋고 얼어붙지요.

　당신은 비가 쏟아지는 거리로 다시 나갔습니다. 그리고 수레에 씌운 비닐을 걷었다가 다시 씌웠습니다. 그리고 들어와 카운터에 황급히 뭔가를 놓고 쏜살같이 뛰어나갔습니다. 나는, 그것이 핀이라는 것을, 당신이 시야에서 완전히 모습을 감춘 뒤에서야 알았습니다. 그때까지 나는 당신이 가는 것을 바라보고 있었습니다.

　반짝이는 유리구슬이 박힌 나비 핀. 그 사람이 너한테 반했나보다. 같이 아르바이트를 하는 친구가 놀리며 꽂으라고 했지만 나는 두르고 있던 앞치마 주머니에 넣었습니다.

　그 뒤, 여러 날 동안 당신은 오지 않았습니다. 가끔 장신구를 펼쳐놓

236

고 파는 사람들을 흘낏거리며 다니기도 했습니다. 그러나 의미 없는 행동이었습니다. 당신은 전혀 내가 원하는 이상형이 아니었습니다. 나는 다이아 반지를 끼워주며 청혼하고, 여름휴가 철이면 해외에 데리고 갈 수 있는 남자와 결혼하기를 원했습니다. 그런 생각이 사치스럽다고 느낀 적은 없습니다. 내 주위 친구들은 모두 나와 같은 생각을 가지고 있었고, 친구나 아는 선배들 몇몇은 이미 그렇게 살고 있었습니다. 햄버거 가게에서 일한 것도 노동의 신성함 따위를 익히기 위해서가 아니었습니다. 단지 재미였습니다. 그리고 스스로 돈을 벌었다는 자부감. 나는 번 돈으로 리바이스 티와 청바지를 샀고, 친구들에게 피자와 맥주를 샀습니다.

어느 날, 당신은 내가 있는 햄버거 가게에 다시 왔습니다. 햄버거와 콜라가 담긴 쟁반을 받으며 당신은 말했습니다. 어울리네요. 나는 잠시 생각하다가 당신의 말뜻을 알아차렸습니다. 그날, 나는 머리칼을 뒤로 모아 당신이 준 나비 핀으로 묶고 있었습니다. 나는 고맙다고 뒤늦게 인사했고, 당신이 햄버거와 콜라를 마시는 내내 누가 머리칼을 당기는 것만 같아 자주 머리를 만졌습니다. 그날부터 당신은 매일같이 그 시간에 와서 햄버거와 콜라를 먹었습니다.

한 달 뒤, 나는 취업 준비를 하기 위해 영어와 컴퓨터 학원에 등록을 했습니다. 나는 햄버거를 건네며 말했습니다. 이제 못 보겠네요. 당신은 고개를 끄덕거렸습니다. 그리고 햄버거를 아주 오래오래 씹으며 앉아 있었습니다. 그날 밤, 나는 당신을 또 보았습니다. 그동안 같이 일한 사람들과 송별회를 하고 집에 오는 길에서였습니다. 저, 저기요. 뒤에서 누군가 나를 불렀습니다. 무심코 뒤돌아본 나는 무척 놀랐습니다. 당신이었습니다. 나는 야간대학에 다니고 있어요. 당신은 첫말을 그렇게 시작했습니다. 마치 그 말을 하지 않으면 내가 상대해주지 않을 것처럼 당신은 서둘러 말하였습니다. 햄버거 가게 문을 닫을 때까지, 내가 사람들과 송별회를 마칠 때까지 숨어서 따라다니며 당신은 그 말만을 생각한 겁니다. 나는 주춤 두어 걸음 물러섰지요. 당신이 두려워서는 아니었습니다. 다가오는 운명에 대한 두려움 때문이었나 봅니다.

그것이 시작이었습니다. 당신이 준 나비 핀으로 머리를 묶었듯이 나는 당신에게 묶인 겁니다.

갑자기 캄캄해집니다. 두터운 검은 구름이 하늘을 덮고 있습니다. 말갛게 보이던 세상이 어두워지고 바람이 붑니다. 비를 부르는 바람입니다. 화단에 핀 꽃들이 흔들립니다. 꽃잎들이 떨어집니다.

세찬 비입니다. 시작부터 굉장합니다. 우두두두두. 지붕에 잇대놓은 차양 위에 비가 떨어지는 소리가 요란합니다. 무릎에 비가 떨어졌습니다. 나는 위를 쳐다봅니다. 차양에 구멍이 뚫려 있습니다. 빗물이 골대로 흘러내리다가 구멍 뚫린 틈으로 줄줄 새고 있습니다. 차양은 빛이 바래고 낡아 구멍이 뚫어지고, 군데군데 깨어져 있습니다.

이 집은 온전한 곳이 없습니다. 바람과 비에 삭아 거의 잿빛이 된 기와와 벗겨져 거스러미가 일어난 마루문에 칠한 페인트 그리고 내려앉아 문틀과 아귀가 맞지 않는 문, 허물어진 담.

이 집에 살게 된 것은 당신 선배의 후의 때문이었습니다. 검정고시

출신 모임으로 알게 된 선배는 당신에게 말하였습니다. 너를 보니까 옛날 내 생각이 나는구나. 그래서 생각해봤는데, 팔려고 내놓은 집이 있거든. 지금 비어 있는데 잠깐이라도 살아볼래? 그런데 너무 낡아서……. 괜찮겠냐? 우리는 선배가 결정을 번복할까 허겁지겁 고개를 끄덕였습니다. 십팔 평 아파트의 분양금을 내지 못해 전전긍긍하는 우리에게 괜찮지 않은 집은 없었습니다. 게다가 세를 내지 않고 살아도 되는 집이었습니다. 당신이 거리에서 장신구 따위를 파는 고학생에서 대학을 졸업한 어엿한 회사원이 되었어도, 내가 학원에 나가 고만고만한 아이들을 가르쳐 벌어도 우리는 아직 가난하였습니다.

나는 마당으로 내려섭니다. 순식간에 쏟아진 빗물로 마당은 벌써 물구덩이가 되어 있습니다. 마당 구석에 고집스럽게 싹을 피워낸 잡초도 물에 휩쓸려 넘어지고, 꽃송이들도 고개가 꺾여 있습니다. 나는 슬리퍼를 벗고 맨발로 마당에 섭니다. 빗물이 발가락 사이로 지나가며 간지럽힙니다. 부드러운 흙을 딛고 선 발바닥도 간지럽습니다. 우산 위로 떨어지는 빗소리도 방에서 듣는 것과 다릅니다. 치맛자락이 비에 젖어 다리에 휘감깁니다. 집이 아닌 먼 곳에 와 있는 것 같습니다. 그런데 무슨 소린가 비와 바람 사이로 들리고 있습니다. 낮은 목소리와 웃음소리. 나는 우산을 쓰고 집 뒤로 돌아갑니다. 허물어진 담 위로 고개를 내밉니다. 혹시 눈치 채일까 조심조심 몸을 감추고 눈만 내놓습니다.

열린 문 밖에 여자와 아이가 나와 앉아 있습니다. 둘은 장난을 치고 있습니다. 발가락을 서로 얽었다 풀고, 또 얽습니다. 발가락만 갖고 노는데도 아이는 재미있나 봅니다. 아이의 입이 헤벌어집니다. 허어엉.

아이의 입에서 침이 흐릅니다. 박박 깎은 머리 때문에 휑해 보이는 아이의 눈에 초점이 없습니다. 여자가 아이의 입가를 닦아줍니다. 아이가 허어엉, 또 웃습니다. 여자가 아이의 뺨을 어루만지며 말합니다. 우리 애기, 착하다. 아이가 여자의 무릎을 베개 삼아 눕습니다. 우리 애기, 예쁜 우리 애기. 여자가 아이의 등을 쓸어내리고, 손을 만지고, 발가락을 만집니다. 여자의 목소리는 발가락 사이로 흐르는 빗물처럼 부드럽습니다. 아이가 몸을 틀며 입을 헤벌립니다.

눈을 떼고, 뒤돕니다. 땅바닥에 우산이 떨어져 있습니다. 언제 떨어뜨렸는지 기억이 나지 않습니다. 나는 우산을 버려둔 채 담 앞 부엌으로 들어가는 문을 밉니다. 여자의 웅얼거림이 방까지 따라옵니다. 젖은 옷을 벗고 마른 옷으로 갈아입는 동안에도 아이의 허어엉, 웃는 소리가 간간이 이어집니다. 나는 수건으로 머리칼을 말립니다. 아이의 웃음소리를 듣지 않으려 고개 숙여 내려뜨린 머리칼을 수건으로 세게 텁니다. 아이의 웃음은 거짓입니다. 우리 애기, 라는 여자의 말도 거짓입니다. 지금 그들 모자의 모습은 거짓입니다. 당신의 생각은 옳지 않습니다. 그들이 속임수를 쓰고 있다는 것은 당신도 알고 있습니다. 아이를 처음 보았을 때, 당신은 내 곁에 있었습니다.

그날, 당신과 나는 밥을 먹다 말고 달려 나갔습니다. 부서지고, 깨지는 소리와 함께 터져 나온 울부짖음 때문입니다. 아마 단순히 울음소리였다면 그렇게 급히 달려 나가지 않았을 겁니다. 울부짖음 속에는 뭔가 절박함이 있었습니다. 그래서 밥을 먹다 말고 달려 나간 겁니다. 담 너머에는 한 사내가 있었습니다. 사내는 문에 한쪽 팔이 묶여서 발버둥을

치고 있었습니다. 우리는 담 위로 고개를 내민 채 움직이지 않았습니다. 호기심 때문이 아닙니다. 움직일 수가 없었습니다. 모습만 사람이지 도저히 사람이라고 볼 수 없었습니다. 박박 민 머리에 아무것도 입지 않은 사내. 묶인 손목에서 피가 흐르고 있었습니다.

그때였습니다. 우리 애기, 화났구나아. 느릿느릿 말끝을 들어올리는 여자의 목소리가 사내가 묶여 있는 문 바로 뒤에서 흘러나왔습니다. 당신과 나의 시선이 잠깐 부딪혔습니다. 여자의 목소리에 배인 부드러움과 여유가 어이없었습니다. 그리고 우리 애기, 라는 말. 여자는 당신보다 훨씬 큰 몸집의 사내를 그렇게 부르고 있었습니다. 사내가 팔과 다리를 마구 휘둘렀습니다. 겨우 문을 빠져나온 여자가 우리에게 등을 보이고 섰습니다. 목소리만큼이나 여유로운 몸짓이었습니다. 엄마랑 방에 들어가자. 여자가 사내의 팔을 붙잡았습니다. 사내가 여자의 손을 뿌리쳤습니다. 여자는 사내의 손에 얼굴을 맞았습니다. 거리가 있었지만 퍽 소리가 났습니다. 여자는 맞은 곳에 손 한번 대지 않고 다시 사내를 얼렀습니다. 들어가야 해, 알지? 엄마 손 잡고 들어가는 거야. 여자가 맞은 자신의 뺨 대신 사내의 뺨에 손을 대었습니다. 사내가 천천히 어깨를 떨구었습니다. 소리도 잦아들었습니다. 착하다, 우리 애기. 정말 착하구나. 사내는 여자가 내미는 손을 잡고 들어갔습니다.

문이 닫혔습니다. 우리도 방으로 들어왔습니다. 잠깐 아무 말 없이 있던 당신이 입을 열었습니다. 끔찍하다. 며칠 후, 우리는 여자를 다시 만나게 되었습니다. 그날, 우리는 리어카에서 파는 수박을 한 통 사가지고 오다가 얼음가게에 들렀습니다. 당신이 수박 화채를 먹고 싶다고 했고, 아는 분한테 얻은 우리 집 냉장고는 냉동실이 고장 나 얼음을 만들 수 없었습니다. 당신과 나는 전파사와 냉면집 그리고 부동산, 철물점을 지나 얼음가게로 들어갔습니다. 가게는 무척 어두웠습니다. 입구만 있고 창이 없었습니다. 그리고 웨에에엥. 얼음 자르는 기계가 돌아가는 소리가 시끄러웠습니다. 우리는 기계 앞에서 한 여자가 얼음을 자르고 있는 것을 보았습니다.

여자가 우리의 인기척에 고개를 돌렸습니다. 나는 얼음을 사러 왔다고 말하는 대신 여자를 바라보았습니다. 그 여자였습니다. 우리 애기, 라고 말했던 뒷집 여자. 얼음가게는 우리 뒷집이었습니다. 여자도 우리 얼굴을 알아보았습니다. 뒷집에 사시는 분이지요? 여자가 기계를 껐습니다. 죄송해요…… 우리 아이 때문에 많이 놀라셨죠? 여자가 말하는 사내의 나이는 열다섯이었습니다. 초등학교 4학년 때 교통사고를 당하고 나서 몸이 비정상적으로 커졌다는 것입니다. 여자는 그 사고로 남편을 잃었다고 말했습니다. 그런데 아이는 다친 곳 없이 근처 논바닥에서 발견되었답니다. 여자는 기적이라고 했습니다. 그런데 자꾸 머리가 아프다고 하는 거예요. 아마 뇌를 다쳤었나 봐요. 공부도, 운동도 다 잘하던 애였는데. 특히 수학을 잘했어요. 여자는 가게 천장 아래 붙은 상장을 가리켰습니다. 전국수학경시대회에서 받은 상이에요. 우리는 여자가 가리키는 대로 고개를 들어 올려다보았습니다. 소리를 지르지 않으면 괜찮은데…… 그렇지만 늘 소리를 지르지는 않아요. 보통 때 우리 아이는 얌전하답니다.

나는 여자가 말을 마치기가 무섭게 물었습니다. 보통 때는 정말 얌전

한가요? 아마 여자의 말이 의심스러워서라기보다는 말끝마다 우리 아이, 라는 말이 거슬려 그랬을 겁니다. 여자가 잠시 나를 물끄러미 쳐다보더니 말했습니다. 그러문요. 나는 여자의 말꼬리를 잡았습니다. 그런데, 왜……. 차마 말할 수 없어 머뭇거리는데 여자가 먼저 생각난 듯 말했습니다. 그날요? 그건……. 아, 맞아요. 이 소리 때문에 그랬어요. 여자가 얼음덩어리에 박혀 있는 기다란 톱날을 가리켰습니다. 우리 아이는 신경이 예민하거든요. 그렇지만 이제 안 그럴 거예요. 그날은 처음으로 기계를 켜서 그랬어요. 톱날은 기다랗고, 날카로운 날이 삐죽삐죽 솟아 있었습니다. 그러면 묶어놓은 건요? 보통 때 얌전하다면서 왜 묶어났나요? 내 말에 여자의 표정이 잠깐 흔들렸습니다. 나는 여자의 얼굴에서 눈을 떼지 않았습니다. 여자의 얼굴이 굳어졌습니다. 그건, 사람들 때문이에요. 사람들은 우리 아이가 가만히 있어도 무서워해요. 그래서 할 수 없이 묶어놓은 거예요. 싫지만 할 수 없지요. 사람들은 우리 아이에 대해서 아무것도 알려고 들지 않아요. 그냥 겁을 내죠. 하지만 우리 아이는……. 여자는 말을 흐렸습니다. 그리고 시선을 비끼며 말했습니다. 죄송합니다, 주문받은 것이 급해서…….

빨리 하지 않으면 녹아버리거든요. 여자가 기계 스위치를 올렸습니다. 웨에에엥. 얼음에 박힌 날카로운 톱날이 움직이지 시작했습니다. 아주 잘게 부서지는 얼음덩이는 불투명했습니다. 여자의 이마에, 머리칼에, 앞치마에 얼음조각이 튀어 반짝였습니다. 여자가 두 조각이 난 얼음을 네 조각으로, 여덟 조각으로 잘랐습니다. 우리는 가게에서 나왔습니다.

말없이 집으로 가던 당신이 뒤돌아보았습니다. 저 여자, 저 여자는……. 참 이상하지? 전혀 딱해 보이지 않아. 어쩌면 저 여자 말이 옳은지도 모……. 나는 당신이 말을 맺기도 전에 소리를 질렀습니다. 아니야. 저 여자는 지금 억지를 쓰고 있어. 그게 사람이야? 기가 막혀서. 우리 아이라니. 말끝마다 우리 아이. 우리 아이. 그건 짐승이야. 봤잖아. 지 엄마 얼굴 치는 거. 나이는 어리지만 몸집을 봐. 당신보다 더 크잖아. 힘도 세고. 묶어놓지 않았으면 우리 집으로 쳐들어왔을지도 몰라. 그러면 어떻게 됐을 것 같아? 생각만 해도 끔찍해.

왜 소리를 질렀는지 모릅니다. 여자가 미안해하거나 죄스러워했으면 그렇지 않았을 겁니다. 여자는 오만했습니다. 더욱이 당신이 여자 편을 들었습니다. 나는 당신이 여자의 편을 드는 것이 싫었습니다. 아닙니다. 내가 말한 것은 다 거짓말입니다. 나는 여자의 모성을 질투하였습니다. 그리고 당신이 생각할 '무엇'에 대해 겁이 났던 것입니다.

저 여자 분명히 속으로는 아이가 죽기를 바라고 있을 거야. 저 짐승 같은 놈하고 평생을 어떻게 사나. 저 여자는 자기 마음을 속이느라 우리한테 여러 말을 늘어놓은 거야. 그런 건……. 나는 잠시 말을 끊었다가 뱉어냈습니다. 이 세상에서 없어져야 해. 당신은 나를 쳐다보았습니다. 수박을 든 당신의 한쪽 어깨가 기울어져 있었습니다. 나는, 당신이 이미 내가 겁내하는 '무엇' 을 생각하고 있다는 것을 알아차렸습니다.

당신은 나처럼 세상에 태어나지 않은 채 없어진 우리의 아이를 생각하고 있었습니다.

아이의 웃음소리와 여자의 웅얼거림은 이제 들리지 않습니다. 나는 축축한 머리칼을 수건으로 감싸고 방 안을 걸어 다닙니다. 비를 맞아 그런지 오슬오슬 한기가 듭니다. 아직 비는 쏟아지고 있습니다. 나는 시계를 봅니다. 학원에 갈 시간이 가까워옵니다. 수학 문제집이 든 가방을 멘 아이들이 몰려들 시간입니다. 시간에 맞추어 가려면 지금 준비해야 합니다. 그러나 나는 화장하는 대신 장에서 홑이불을 한 장 꺼내 깔고 방바닥에 눕습니다. 빗소리는 단조롭습니다. 홑이불을 뭉쳐 끌어안고 있다가 다시 시계를 봅니다. 더 이상 늦장을 부릴 수 없습니다. 몸을 일으킵니다. 나를 기다리는 아이들의 초롱초롱한 눈망울 때문이 아닙니다. 나를 고용한 학원 원장의 눈길 때문입니다.

당신, 내가 아까 했던 말을 기억하는지요? 당신을 만나고 나서부터 하늘 대신 정면을 바라보게 되었다는 말. 그렇습니다. 내가 변한 것은 당신을 만나고 나서였습니다.

처음부터 우리의 만남은 순조롭지 않았습니다. 피해 다니고, 맴돌고, 부딪히는 수많은 술래잡기였습니다. 하지만 나는 결국 당신과의 만남을 받아들이고 말았습니다. 거부한 것은 만남이었지, 당신을 거부한 것은 아니었습니다. 우리는 곧 다른 연인들처럼 사랑하게 되었습니다. 그러나 가족에게 축복받기는 더 힘들었습니다. 당신이 우리 집에 와서 인사하고 간 후 어머니는 자리를 펴고 누웠습니다. 부모님을 일찍 여의고 혼자 벌어먹고 사는 당신의 처지는 동정했지만 나와의 관계는 받아들일 수 없다고 했습니다.

모든 것은 반대가 있을 때 더 강해지나 봅니다. 나는 집안의 반대가 심하면 심할수록 당신에게 더 가까이 갔고, 강하게 묶였습니다. 나는 결혼생활이 따뜻한 밥과 편안한 잠자리로 이루어진다고 주장하는 부모님을 속물이라 비난하였고 사랑이라는 높은 가치만이 결혼을 결정하는 거라고 고집을 피웠습니다. 어머니는 그런 나를 보고 오래전 하늘만 바라보던 내 어린 시절을 공연히 입에 올렸습니다. 결국 우리는 허락받은 결혼식을 하지 못했습니다. 당신은 다이아 반지 대신 당신이 끌고 다니는 손수레에서 가장 화려한 유리알 반지를 골라 내 손가락에 끼워주었고, 신혼여행 대신 나는 입은 옷 그대로 당신의 집으로 도망쳤습니다. 그리고 첫날밤을 당신의 작고 보잘것없는 방에서 치렀습니다.

나는 빠르게 변하였습니다. 내가 속물이라고 단정 내렸던 부모님처럼 따뜻한 밥과 잠자리가 있는 결혼생활을 위해 눈을 부릅떴습니다. 하늘 대신 정면을 보게 된 것입니다.

나는 머리를 대충 드라이로 만지고, 화장을 합니다. 학원 원장은 아이들을 가르치는 사람은 복장부터 단정해야 한다고 늘 말합니다. 나는 옷장을 열고 곰곰이 생각하다가 하늘색 블라우스를 꺼냅니다. 아기를 낳지 않은 내 젖가슴은 봉긋합니다. 아랫배도 살집 없이 팽팽합니다.

나는 옷을 걸치고 거울을 봅니다. 그리고 루즈 칠한 입술을 마주 비비고 슬쩍 몸을 틀어 다시 거울에 비추어 봅니다. 아이의 울음소리가 들리지 않아서인지 내 움직임에 여유가 있습니다.

정류장에서 버스를 기다립니다. 비는 아직도 쏟아지고 있습니다. 치마 밑으로 드러난 종아리에 튄 빗물과 완전히 마르지 않은 머리 때문에 오슬오슬 떨립니다. 우산을 든 팔에도 가끔 빗물이 튑니다. 나는 소름 돋은 팔을 쓸어내리며 가까운 건물 앞턱으로 자리를 옮깁니다. 소아과가 있는 건물입니다. 나는 차양 밑에 섭니다. 비가 아까보다 덜 튑니다. 누군가 건물에서 나오고 있습니다. 나는 옆으로 비켜섭니다. 아기를 처네로 업은 여자가 우산을 폅니다. 그리고 보도로 내려섭니다. 나는 건물 앞턱에 선 채 여자의 뒷모습을 봅니다. 핀을 꽂아 올린 머리칼은 윤기가 없고, 헝클어져 있습니다. 옷도 구깃구깃합니다. 아기가 칭얼거립니다. 많이 아픈지 목소리가 힘이 없습니다. 여자가 우산을 든 채 나머지 한 손으로 처네에 덮인 아기의 엉덩이를 도닥입니다. 나는 여자를 봅니다. 그리고 아기를 업은 나를 상상합니다. 등에 느껴지는 아기의 토닥토닥 뛰는 심장소리를, 처네 속에서 팔과 다리를 꼼지락거리는 아기의 움직임을 상상합니다.

문이 또 열립니다. 서너 살쯤 되는 계집아이를 앞세우고 여자가 나옵니다. 여자는 배가 불룩합니다. 이리 와. 엄마가 안아줄게. 여자가 계집아이를 한 팔로 들어 올리고 우산을 폅니다. 말랐는데 힘도 들이지 않고 아이를 안고 있습니다. 우산 아래 배 안에 든 아이와 계집아이, 여자가 같이 있습니다. 계집아이를 쳐다보는데 버스가 옵니다. 나는 목을

길게 빼고 번호를 확인합니다. 내가 탈 버스입니다. 나는 아이를 흘낏
보고 버스에 오릅니다. 그리고 우산을 접고, 좌석에 앉아 다시 아이를
봅니다. 아이가 나를 보고 있습니다. 낯선 사람이 바라보고 있어서 그
런지 아이가 여자의 몸에 바싹 달라붙습니다.

　버스가 출발하고 나는 아이를 생각합니다. 장화를 신은 조그만 발과
과자를 든 작은 손가락을, 겁먹은 아이의 까만 눈동자를 생각합니다.
아이를 낳았으면 저 아이만큼 컸을 겁니다. 저렇게 작은 발과 손과 까
만 눈동자를 가지고 내 가슴에 안겨 있을 겁니다.

　아이가 생겼을 때 당신이 얼마나 기뻐했는지 기억합니다. 친척이 있

지만 부모님이 돌아가시고 나서부터 연락이 끊겨 외로웠던 당신은 흥분했습니다. 아직 납작한 내 배 위에 귀를 대고 당신은 공연히 후후 웃었습니다. 이제 팔 개월만 있으면 이 녀석 얼굴을 볼 수 있는 거야? 당신은 달력을 뒤적였습니다. 나는 그런 당신을 보며 쉬지 않으면 유산할지도 모른다는 의사의 말을 생각했습니다. 당신이 아이를 선택하리라는 것은 분명했습니다.

이상한 일입니다. 우리는 같이 살면서부터 자신의 모습이 아닌 상대방의 모습으로 변하였습니다. 같이 살게 되면서부터 나는 하늘을 바라보지 않았습니다. 현실만 보았습니다. 당신은 나와 반대였습니다. 지긋지긋한 가난과 외로움으로 찡그려졌던 당신의 얼굴에 자주 웃음이 떠올랐습니다. 당신은 자주 미래에 대한 꿈을 이야기했습니다.

나는 당신에게 아무 말도 하지 않았습니다. 당신이 아이를 기다리는 팔 개월이 내게는 당신이 대학을 졸업하기까지의 기간이었습니다. 얼마 되지 않아 나는 학원에서 아이들을 가르치다 쓰러졌고, 아이를 잃었습니다. 의사는 당신을 책망했습니다. 그리고 뒤늦게 사실을 알게 된 당신은, 가난을 자책했습니다. 팔 개월 뒤, 당신은 졸업을 했습니다. 그리고 장신구가 담긴 손수레를 끌고 나가는 대신 흰 와이셔츠에 넥타이를 매고 회사에 출근했습니다.

당신과 나는 잃은 아이에 대해 입 밖으로 말을 꺼낸 적이 없습니다. 아이를 다시 갖자고 이야기해본 적도 없습니다. 대신 아파트에 대해, 분양금에 대해, 이사 가서 들여놓을 가구들에 대해, 통장에 동그라미를 늘여가는 숫자에 대해 이야기했습니다. 그런데 뒷집 아이로 인해 모든 것이 달라진 겁니다. 마치 이사 가는 날, 잃어버린 것도 몰랐는데 먼지 덮인 짐 속에서 문득 드러난 몽당연필을 끼운 볼펜 깍지 끝, 이로 이긴 흔적을 보고 잊었던 버릇을 기억하는 것처럼 우리는 오래전 덮어놓았던 상처를 기억하게 된 겁니다.

우리의 편안한 일상은 조금씩 깨지기 시작했습니다. 우리를 묶고 있던 끈은, 견고한 얼음덩어리가 톱날이 달린 기계에 의해 단번에 잘라지듯, 아이의 작은 울음소리와 여자의 어이없는 모성에 의해 풀어졌습니다. 우리는 서로의 표정을 살피게 되었습니다. 아무렇지 않은 말도 조심스럽게 꺼내었고, 상대방이 아무렇지도 않게 하는 말의 이면을 살폈습니다. 긴장으로 우리의 음성이 점점 날카로워졌습니다. 그리고 싸움이 시작되었습니다. 처음에 싸움은 하찮은 것에서 시작되었습니다. 당신이 반찬을 탓하면 나는 당신에게 양말을 뒤집어 벗어놓는다고 잔소리를 하였고, 당신이 방이 지저분하다고 하면 나는 당신이 집안일을 도와주지 않는다고 불평했습니다. 싸움의 강도는 점점 높아갔습니다. 우리는 자질구레한 것들로부터 점점 상대방의 근본을 헐뜯었습니다. 나는 당신을 감상적이라고 비웃었고, 당신은 나에게 이기적이라고 손가락질하였습니다.

그러면서도 우리 사이에 있었던 아이에 대해서만은 결코 한마디도 하지 않았습니다. 우리 둘 다, 그것이 절대로 건드려서는 안 될 금기인 것을 알고 있었습니다. 그러던 어느 날, 싸움은 시작한 것과 마찬가지로 어이없이 끝났습니다. 그날 나는 허옇게 이를 드러낸 뒷집 아이를 보고 끔찍하다고 말하였습니다. 그런데 당신이 피식 웃었습니다. 그리고 말했습니다. 그 여자처럼 봐. 그러면 아이가 웃고 있다는 것을 알게 될 거야. 나는 사나운 눈으로 당신을 쳐다보았습니다. 마침내 내가 겁냈던 '무엇'이 우리 사이에 끼어든 것입니다. 나는 당신이, 내가 뒷집 아이에 대하여 가지는 혐오감이 아닌 나의 모성을 비난했다고 생각했습니다. 나는 입을 다물었습니다.

침묵은 싸움보다 훨씬 무거웠습니다. 당신과 나는 이제 서로 말하지 않았습니다. 단단하고, 두터운 침묵의 껍질 속에서 우리는 숨을 죽였습니다.

칠판에 문제를 씁니다. 304-(30x2)x3, 30+4-23x2……. 아이들이 일제히 책상을 향해 고개를 숙입니다. 아이들이 문제를 푸는 동안 창밖을 봅니다. 비는 이제 많이 잦아들었습니다. 그러나 구름은 아직 걷히지 않고 있습니다. 다시 아이들을 봅니다. 밖을 보는 아이들은 없습니다. 아이들은 주어진 문제를 푸느라 고개를 숙이고 있습니다. 눈앞에 주어진 수학문제 때문에 아이들은 다른 것을 보지 않습니다. 나는 책상과 책상 사이, 통로를 걷습니다. 괄호부터, 곱하기부터 풀어야 한다고 먼저 가르쳐주었는데도 틀린 아이가 적지 않습니다.

나는 아이들을 보며 세상살이를 생각합니다. 아이들이 공식을 몰라서 틀리는 것은 아닙니다. 아는 것과 직접 부딪히는 것과의 차이입니다. 어른들도 마찬가지입니다. 사람들은 어떻게 해야 잘 사는지 미리 공식을 배우지만 꼭 그렇게 살지는 않습니다. 오해와 충동과 서두름으로 빗나갈 때가 많습니다.

조금씩 소란스러워집니다. 문제를 다 푼 아이들이 장난을 칩니다. 나는 칠판에 답을 쓰고 나서 다시 문제를 꼼꼼하게 풉니다. 아는 아이에게는 확인이 된 것이고, 틀린 아이에게는 다시 풀 기회를 주는 것일 겁니다. 그러나 그어진 가위표를 지울 수는 없습니다. 문제를 받은 순간으로 되돌아갈 수 없습니다. 틀린 문제를 고치는 아이들을 보며 당신을 생각합니다.

싸움 뒤에 이어진 침묵은 하루하루 깊이를 더했습니다. 나는 침묵 안에서 당신을 원망했고, 변한 내 모습을 발견하며 한숨 쉬었습니다. 만남 자체를 되돌리고도 싶어 했습니다. 당신과 만나지 않았으면 아직 하늘을 바라보고 있었을는지도 모른다고 생각했습니다. 그런데, 당신은 그렇지 않았습니다. 당신은, 고개를 수그린 채 다시 문제를 푸는 아이처럼 방향이 빗나간 그 지점에서 다시 시작하려고 했나 봅니다.

어느 날, 당신은 마루에 앉아 있다가 마당으로 내려섰습니다. 그리고 이리저리 훑어보고, 걸음으로 거리를 쟀습니다. 그 주말, 당신은 일찍 돌아와 마당을 파헤쳤습니다. 호미로 땅을 파헤치고, 자갈을 골라내고, 흙을 곱게 손으로 비벼 부수었습니다. 근처 공사장에서 얻어 온 벽돌을 비스듬히 세워 경계도 만들었습니다. 그리고 화원에서 사 온 모종을 심었습니다. 비죽비죽 잎이 솟은 채송화와 봉숭아 그리고 다알리아. 씨뿌리기에는 너무 늦어서……. 그래도 잘 자랄 거야. 못 본 체하는 내게 당신은 혼잣말처럼 말하였습니다. 당신이 만든 것은 꽃밭이었습니다.

딩동댕. 수업이 끝나는 종이 울리고 아이들이 펼쳐놓은 책과 공책을 가방에 집어넣습니다. 나는 아이들을 배웅하고 밖을 내다봅니다. 아이들이 재갈재갈 떠들며 학원 버스에 오릅니다. 나는 아이들에게 손을 흔들어줍니다. 한 아이가 손나팔을 만들어 소리칩니다. 선생님, 오늘 굉장히 예뻐요. 고맙다는 대답에, 아이가 또 한 번 소리칩니다. 내일 또 하늘색 블라우스 입고 나오세요. 버스가 출발합니다. 나는 하늘색 블라우스를 내려다봅니다. 창밖을 보는 대신 수학문제에 코를 박았다고 생각했는데, 아이는 어느새 내 하늘색 블라우스를 보았나 봅니다.

나는 교실을 나옵니다. 그러나 삼층에서 내려오다가 계단에서 잠시 섭니다. 갑자기 집에 가기가 두렵습니다. 당신 때문입니다. 당신은 어제 저녁 내게 다가왔습니다. 몇 주일 동안 계속된 침묵으로 나는, 오히려 그런 당신이 낯설었습니다.

저녁을 먹고 나서 당신은 마루에 앉아 꽃밭을 쳐다보고 있었습니다. 모종은 하루가 다르게 자라나 이미 꽃을 피워내고 있었습니다. 노랗고, 붉은 채송화의 고운 꽃 빛깔. 봉숭아의 다물어진 꽃봉오리. 나는 방에 들어와 자리를 깔고 누웠습니다. 한참 후에 당신이 들어왔습니다. 잠들었니? 나는 대답하지 않았습니다. 당신이 내 머리맡에 앉았습니다. 당신이 입을 열었습니다. 꽃이 예쁘게 피었어. 나는 대답하지 않았습니다. 당신이 말을 이었습니다. 나는……. 어렸을 적에 꽃밭이 있는 집에서 살고 싶었어. 한번도 그런 집에서 살아본 적이 없었거든. 그때 결심했어. 나중에 결혼하면 꽃밭이 있는 집에서 애들을 많이 낳고 살 거라고……. 내 말 듣고 있니? 당신의 음성은 너무 작아 말이 아니라 입김으로 내 귀에 닿았습니다. 나는 억지로 감은 눈꺼풀이 떨려 다시 한 번 힘주어 눈을 감았습니다. 당신이 내 머리칼을 만졌습니다. 내 머리칼 사이에 손가락을 넣고 빗어 내렸습니다. 그리고 한숨에 섞인 당신의 음성이 귀에 닿았습니다. 나는……. 무척 힘들어. 그리고 두려워.

당신은 나와 화해하기를 원한 건가요? 아니면 당신 스스로 문제를 푸는 방식이 그러한가요? 그것을 알 수 없어 두렵습니다.

나는 대문 안으로 들어서 꽃밭을 바라봅니다. 낮 동안 내린 비로 꽃밭은, 떨어진 꽃잎들이 덮여 화려합니다. 그러나 떨어지지 않은 꽃들도 많습니다. 낮 동안 바람이 그토록 심했는데, 빗줄기가 셌는데, 꽃들은 가는 줄기 위에 아직도 매달려 있습니다.

나는 마루에 앉습니다. 그리고 하늘을 봅니다. 하늘은 짙은 감청색으로 덮여 있습니다. 점점 어두워집니다. 빠르게 스며든 어둠이 모든 것을 덮습니다. 마당이, 꽃밭이 어두워집니다. 꽃이 어두운 색으로 물듭니다. 그런데 앉아 있던 내 몸이 긴장으로 굳어지고 있습니다. 뒷집 아이의 으으거리는 울음소리 때문입니다. 나는 굽힌 무릎 위에 팔을 올려 놓고 얼굴을 묻습니다. 건드리면 안으로 도르르 말리는 쥐며느리처럼 소리가 닿은 내 몸이 안으로 말립니다. 나는 점점 몸을 웅크립니다……. 나는 머리를 듭니다. 대문이 흔들리고 있습니다. 열쇠를 꺼내어 더듬더듬 대문을 여는 당신의 움직임이 느껴집니다. 내 머릿속에서 수많은 생각들이 수런수런 몸을 일으킵니다. 대문이 열립니다. 당신이 커다란 키를 굽혀 안으로 들어섭니다. 당신이, 마루에 웅크려 앉은 나를 보고 우뚝 섭니다. 내 머릿속에서 수런거리던 생각들이 일시에 멈춥니다. 나는 내 몸이 긴장으로 굳어진 것이, 아이의 울음소리 때문인지

당신이 나타난 탓인지 알지 못합니다. 갑자기 골목에 있는 가로등이 켜 집니다. 마당이 환해집니다. 그런데 나를 보고 당신이 웃고 있습니다. 수 줍고, 조심스러운 당신의 웃음. 블라 우스색이 참 예쁘다. 당신의 음성은 얼 굴과 다르게 굳어 있습니다. 나는 내가 입은 블라우스를 봅니다. 가로등 불빛으로 하늘색 블라우 스의 색이 선명합니다. 하늘색이구나. 그렇게 말한 당신이 문득 하늘을 바라봅니다. 나는 당신의 젖힌 목을 봅니다. 갑자기 눈이 시큰해집니 다. 와이셔츠 목둘레가 헐렁하도록 마른 당신의 모습 때문이 아닙니다. 색 잃은 하늘을 바라보는 당신 때문입니다. 얼굴과 다르게 굳은 음성 때문입니다.

　나는 천천히 몸을 폅니다. 가로등 불빛을 받은 내 하늘빛 블라우스가 환해집니다. 나는 그렇게 몸을 펴고 당신이 다시 한 번 내 쪽을 바라보 기를 기다립니다. 색을 잃은 하늘 대신 하늘색 블라우스를 입은 나를 바라보기를 기다립니다.